天津记忆第二十六种

主编 王振良

柝津聯話

章用秀 著

天津社会科学院出版社

图书在版编目（CIP）数据

析津联话 / 章用秀著. -- 天津 : 天津社会科学院
出版社, 2018.12
　（天津记忆 / 王振良主编）
　ISBN 978-7-5563-0526-1

　Ⅰ. ①析… Ⅱ. ①章… Ⅲ. ①对联－作品集－中国
Ⅳ. ①I269

中国版本图书馆 CIP 数据核字(2018)第 287597 号

出版发行 : 天津社会科学院出版社
出　版　人 : 张博
地　　　址 : 天津市南开区迎水道 7 号
邮　　　编 : 300191
电话/传真 : (022)23360165(总编室)
　　　　　　(022)23075303(发行科)
网　　　址 : www.tass-tj.org.cn
印　　　刷 : 天津市天办行通数码印刷有限公司

开　　本 : 880×1230 毫米　1/32
印　　张 : 7.75
字　　数 : 168 千字
版　　次 : 2018 年 12 月第 1 版　2018 年 12 月第 1 次印刷
定　　价 : 58.00 元

弁　言

　　这些年，我对天津人创作的楹联佳作和与津沽地域有关的楹联作品甚为留意。《天津楹联报》从 2012 年 10 月至今，曾以"联话"的形式陆续刊登我搜集的明清至近现代此类楹联已达 60 多副。今在王振良兄鼓励支持下，将《天津楹联报》刊出和尚未刊出的楹联计 141 副汇为一册，供读者参考指正。

　　本书所辑楹联大多出自天津地方志、津人笔记、杂谈、文集、联集、报刊及前人口授。着重选取津人所作妙趣横生的巧联、谐联；机警精妙的应对之作；天津庙堂、会馆、戏楼、商铺的上乘之作；比拟、暗喻、嵌字、集联的经典之作；赠联、挽联、自勉联的代表之作；名流硕儒的精品之作；以及与天津历史文化有密切关联的各类楹联作品。

　　所谓"联话"者，必得有"联"且有"话"。本书的每副楹联均附有对该楹联的评议、考证与说明性文字。包括对联语字句的解释、作品的时代与文化背景、所蕴含之哲理、历史事件之钩沉、相关之故事、作者之巧思、内中之意趣等。全书涉及楹联作者75人，每人收楹联1至7副不等，对每位作者均作生平简介。

津地文化底蕴深厚，名人众多，联语浩繁。本书所及只可作为津门名联、妙对的一部分，挂一漏万，在所难免，望读者见谅。

2016年3月　章用秀于成都麓山

目 录

倪元璐 一副

　　倪元璐(1594—1644),明代著名书画家。字玉汝,号鸿宝。浙江上虞人。天启二年(1622)进士。历任户部尚书、翰林院学士。明亡殉节。书画俱工,以水墨生晕极苍润古雅之致。行草书尤为超妙,画山水勾勒凹凸,皴染淋漓,苍润古雅,颇饶别致。书法灵秀神妙。人评元璐灵秀天成,而学力深邃,故落墨迢逸,以雄深高浑见魄力,以萧疏古淡见神韵。画有《疏林竹石图》等。著有《倪文贞集》等。

　　　　　　　醉客不须酒;
　　　　　　　留宾可代茶。

　　旧时北门外面对估衣街西口的十字路口上,有一家三层小楼的旧商店,招牌上写"五甲子老烟店"。门面并不堂皇,但这"五甲子"的标志,说明它已有三百年的历史。这家老烟店叫"中和烟铺",专卖关东老烟叶,传说开业于明代崇祯年间,在天津够得上最老的

20世纪30年代的天津北大关

字号了。该店有一联,"醉客不须酒,留宾可代茶",为明代书画家、官至户部尚书的倪元璐所作。该联巧妙地道出了这家烟店所售商品的功用,将其与酒、茶混为一谈,讲烟的作用不亚于酒茶,足堪巧思。

励杜讷 一副

励杜讷(1628—1703),字近公,一字澹园,直隶静海人。曾任光禄寺少卿、通政司参议、太常寺卿、宗人府府丞、左副都御史、刑部右侍郎,谥文恪。雍正元年,又被追赠礼部尚书加赠太子太傅,入祀贤良祠。

> 挥毫直由西京上;
> 对酒浑如北海时。

励杜讷学问渊博,精于书法,以书法入仕途。清康熙二年(1663)清廷选拔善书之士,励杜讷应试名列第一,遂被录取,参加誊写《世祖实录》。完成《世祖实录》的缮写后,他被授职福建福宁州同知,留南书房行走,食六品俸。此后一直为官,康熙十九年(1680)特授编修,充日讲起居注官,历任赞善侍讲、光禄寺少卿、通政司参议、太常寺卿、宗人府府丞、左副都御史、刑部右侍郎等,出入禁闼

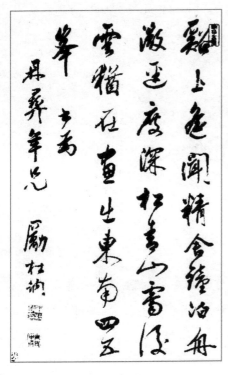

励杜讷书法

数十年，小心缜密，对朝政提出许多有益建议，主管刑狱期间，不徇私情，朝野推为正人。作为康熙皇帝的文化近臣，他与张英等人为皇帝编撰《御批通鉴纲目》《御批古文渊鉴》等史评著作，并以皇帝名义颁行。

励杜讷书写的这副对联是中国嘉德国际拍卖有限公司 2005 年嘉德四季第三期拍卖会"中国书画（四）"的一件拍品。此联深深表达了励杜讷的追求与他的襟怀，既潇洒又有气势。

其上联"挥毫直游西京上"，"挥毫"是指书法还是文章，有人说是文章。欧阳修词《朝中措·送刘仲原甫出守维扬》云："平山阑槛倚晴空，山色有无中。手种堂前垂柳，别来几度春风。　文章太守，挥毫万字，一饮千钟。行乐直须年少，尊前看取衰翁。"亦可指书法。杜甫《饮中八仙歌》中的名句"脱帽露顶王公前，挥毫落纸如云烟"。此句是写唐代著名狂草大家张旭。"脱帽露顶"是张旭狂放不羁的醉态。据说张旭每当大醉，常呼叫奔走，索笔挥毫，疾若风雨。醒后自视手迹，以为神异，不可复得。"京"是"京"的异体字。"西京"指长安,隋唐时,长安为首都。唐人张说《奉和圣制幸韦嗣立山庄应制》诗有云:"西京上相出扶阳,东郊别业好池塘。""直游"近于"神游"。庄子《逍遥游》云:"神游万仞,心骛八极。"西晋陆机《文赋》云:"精骛八极,心游万仞。"南朝梁刘勰《神思》云:"思接千载,视通万里。"励杜讷乃书法大家,因此,其上联多被认为是说"书法神游唐以上"。

下联"对酒浑如北海时",或说"北海"指的孔融。孔融与曹操同时,曾经做过北海相,世称"孔北海",为"建安七子"之一。孔融尝言:"座中常客满,樽中酒不空,吾无忧矣。"故下联的意思可看作是:"我对酒的态度和孔融对酒的态度差不多。""北海"也可指唐代书法家李邕。在文人那里,书法与酒是有着不解之缘的。李邕字泰和,广陵江都人,官至汲郡、北海太守,人称李北海,擅长以行楷写碑,自成面目。宋人朱长文《续书断》里说:李邕注重义气,爱惜人才,作文擅长碑颂,并且又多亲自书写,人们奉上金银财物来请求他写作碑文,前前后后收到的数目大极了。但是他却能够拯救孤苦,周济穷人,家里没有很多的积蓄,家里人也不认为这是他的过错。故励杜讷推崇李邕也在情理之中。

上联讲书法,下联讲酒,书法与酒联在一起,足可见作者的文情与豪气。

曹涵 一副

曹涵，武清县人。清康熙六十年(1721)进士。选庶吉士，授翰林院检讨，充《一统志》纂修，办理水利营田事务。

> 山水怡情，土阜沟地聊复尔；
> 园林寓意，闲花细草自相于。

这是乾隆十二年(1747)曹涵自书客厅柱联，款署丁卯仲夏，珍砚堂主人毅斋。书法隽逸凝练，"文革"前一直保留着。

曹涵府第在王庆坨镇。据考，江水支流曰沱，可停舶之水湾曰沱，而露天堆积品曰坨，"王庆坨"似系王庆沱之讹。地当武清县南八十五里三角淀，川薮综错，东通大海，清代居民万户，多业渔，设千总驻此。三角淀即古之邕奴水，《水经注》云："四面有水曰雍，不流曰奴"，故汉置庸奴县，后汉初封寇恂为侯邑，唐名武清，至今不改，故今通称为雍阳本此。曹涵的这副对联表达了中国文人闲雅恬淡的逸趣，同时也让我们看到二百多年前王庆坨及武清一带的地理风物和"土阜沟地""闲花细草"的优美自然景色。

玄烨 二副

爱新觉罗·玄烨(1654—1722),清代康熙皇帝,满族,顺治帝第三子。顺治十八年8岁继位,曾发兵平定"三藩之乱",出兵统一台湾,收复黑龙江失地,与俄国签订《尼布楚条约》,平定噶尔丹及西藏叛乱,奖励垦荒,与乾隆并称"康乾盛世"。康熙六十一年驾崩于畅春园,终年69岁,葬清东陵,谥号"仁皇帝"。康熙帝自幼喜好书画,尤爱董其昌书法,常作书赐大臣及外邦,流传作品较多。楹联亦时有佳作。

> 水月应从空法相;
> 天花故落映星龛。

这是康熙皇帝为天津海光寺正殿写的对联。海光寺在天津旧城南门外,这里原是一片沼泽地,明永乐初年,驻扎在天津卫的军队,就在这一带屯兵种田。明代"天津八景"有"定南禾风","定南"

是天津城南门上的题额，"禾风"是形容风吹禾苗的景象。明正德年间，身居朝廷阁臣的一代名流李东阳，曾以"万里黄云吹不断，一天翠浪卷还空"的诗句，对这一带的景色作了形象的描述。

康熙五十八年(1719年)，玄烨巡幸津门于西淀，工书善画的僧人成衡以扁舟迎谒并奏建海光寺之艰难，帝颁旨，直隶州府赵守道、李津道、朱分司皆"踊跃抒诚，鸠工卜日不终岁，丛林所应建者无不备举"。寺建成，康熙见寺庄严钜丽，金碧辉煌，殿宇峻峨，湖光影色绝佳，遂御书"海光寺"匾额一方，赐正殿额"随处潮音"，赐正殿联曰："水月应从空法相，天花故落映星龛。"另御书"香塔鱼山下，禅堂雁水滨"联一对。康熙六十年(1721年)浙江籍会稽名僧杜鹃和尚来海光寺挂褡，成衡奉旨举办盛大法会，一时盛况空前，"天下皆知有海光寺"。

祖德渊源，珠树云乔，佑其子孙获福；

皇恩累及，琼浆玉曍，滴来草木生香。

武清王庆坨是一座文明古镇。明清以来，文风很盛。庙堂、府第、墓地有不少匾额、楹联、碑碣出自显贵和名人手笔。康熙皇帝曾三次驻跸王庆坨，乾隆皇帝两次巡幸并留下御制永定河诗碑。这是康熙皇帝第二次驻跸王庆坨时，第二次谕祭曹化淳联。另一副抱柱联为翰林院修撰所书："历礿祀蒸尝，率由旧章，登斯堂莫忘敦宗睦族；合士农工商，无忝尔祖，勤本业既是子孝孙贤。"

曹化淳，字皡如，明清之际，武清县赵甫庄里人，曾为明思宗所信任，入清后又为清朝皇帝所信任。史载李自成起义军进攻北京时，他曾开城门迎降，但他在清初上疏自辩，加以否认。其真相迄未

玄烨 七言行书联

弄清。今存其文有《清妥怀宗帝后陵寝三疏》。据称，在康熙皇帝为曹化淳书联之前，明崇祯帝朱由检曾以御书"振衣千仞冈；濯足万里流"行书条幅联钦赐曹化淳。又以崇祯九年（1636）钦赐御笔"苊志宏猷"刻玉一方。后归化淳侄曹传（字书言号近野），累世家藏八代达三百余年。曹氏宗祠正殿还悬有朱由检于崇祯五年（1632）御书钦赐曹化淳字大二尺的"共清直亮"匾额，其门联、重门联皆为东阁大学士昆冈所书。重门对联："源远流长，族高谯国；金章紫绶，望著雍阳。"横批为"俎豆馨香"。门心联："雍阳世泽；谯郡家声。"另外，还有康熙五十四年（1715）御书"存景堂"三大字和康熙五十九年御书"惠迪吉"三大字钦赐曹传。这些御书墨宝，皆毁于"文革"浩劫中。

史贻直 一副

史贻直，字铁崖。溧阳人。清乾隆七年(1742)以大学士署直隶总督，以刚正不阿著称。曾任吏部尚书和文渊阁大学士达二十余年，出其门下者不下数千人。

> 望重云霄，经济文章推大雅；
> 名齐山斗，江湖廊庙仰高风。

这是史贻直为王庆坨镇曹涵家所书楹联。明永乐二年(1404)朱棣迁江南大姓实畿辅，大批移民北上。当时王庆坨者依居住位置分为中曹、南曹、北曹，尔后复有广曹。民谚有"三曹、二张、一胡、半杨"之传云。曹涵家族为"中曹氏"，曾褒封三代，四世一品，为全镇望族之冠。曹涵的父亲曹传，善作文，兼工诗词，书法卓然自成一家，曾创庆成书院，培养人材。受皇帝召见。命充内廷供奉，以体疾固辞未就。曹涵为康熙辛丑(1721)进士，选庶吉士，授翰林院检讨，充大清《一统志》、国史馆纂修官。史贻直慕曹涵大名,特来王庆坨盘桓数日,署名上下款书赠曹涵此联,以表敬重。

史贻直学识渊博,鉴赏水平极高,绝非等闲之人。袁枚有《贺史贻直七十寿联》,上联是"南宫六一先生座",下联是"北面三千弟子行",史贻直认为此联别出一格。《随园诗话》有云:史"七十寿辰,有献百韵诗者,史笑曰:'都是祝嘏浮词,无一句搔痒处。'惟独欣赏余联。"今观袁联,虽称其官位,而重在道德文章,又誉其门人之盛,诚属善颂善祷,确是与众不同。

据悉,方观承任直隶总督时,亦曾造访曹涵,并为其写"双槐书屋"匾一方,一直保存至"文革"前。

查为仁 一副

查为仁(1695-1749),一名成苏,字心谷,号莲坡,晚号花海翁。原籍临川(今江西),其父查日乾来津,经营芦盐贩运,遂成津门巨富。康熙五十年(1716)中解元,后因事入狱,八年后获释,绝意仕进。著有《莲坡诗话》《蔗塘未定稿》,与厉鹗合编《绝妙好词笺》,被收入《四库全书》。

国士无双双国士;

忠臣不二二忠臣。

水西庄修禊图

　　此乃查为仁为双忠庙大殿创作之对联。双忠庙位于天津原芥园附近的千福寺旁,供奉唐朝名将张巡、许远,俗称双庙,一度为天津著名庙宇。该联对词语的重复使用十分贴切,多年一直流传。

李湜 一副

李湜，字怀芳。乾隆壬申科举人，抚宁县教谕，河南阌乡县知县。年八十，计典注以年老。自以不甘废弃，赴部呈请引见。仍发河南，以知县用。未补缺卒。著有《海天书屋诗草》一卷。

天津卫八十三龄铁汉子；
侯家后五百余载旧人家。

李湜性豪放，善谈论。此联不仅道出了李湜家族与天津的渊源，也巧妙地透露出侯家后乃至天津开发的历史。近人高凌雯《志余随笔》言及此联时称：李湜中乾隆十九年举人，假定发科为二十五岁，至嘉庆十五年，方足八十三之数。由嘉庆上溯至国初，得一百六十六年，益以明祚二百七十七年，凡四百四十三年。若是，则李氏居此地当在元朝中叶，真沽上人家之最旧者矣。以此则知侯家后一带开辟较早，当元设海津镇以前，已有沿卫河之滨而居者矣。"侯家

《潞河督运图》上的津门旧貌

后"附近为"河北大胡同"和"锅店街""估衣街",这几条街道,构成了天津早期的商业区。举凡呢绒绸缎、服装、鞋帽、日用百货、文教用品、美术工艺等行业,不少具有百年以上的历史,所以那里住有五百年以上的人是可能的。

弘历 二副

　　爱新觉罗·弘历(1711—1799),清代乾隆皇帝,满族。清世宗胤禛第四子,1735 年至 1796 年在位。有政绩,然亦好大喜功。能诗,现存 43000 多首,近人编有《乾隆诗选》。善书,亦善联语。落款常署"乾隆"。在历代皇帝中,撰写和传世联语最多。常题名胜古迹,亦喜与臣工属对。今故宫等宫室园林中存有墨迹不少。虽多道统之言,自居身份,但亦不乏性情之作。《日下旧闻考》收入其所撰联语最多。

> 觉岸正光明,如水如月;
> 法留大自在,非色非空。

　　这是乾隆皇帝为天津海光寺大殿写的对联。乾隆元年(1736年),乾隆帝弘历路过天津,为海光寺御书"瀛堧慈荫"匾额。此后又陆续为该寺写下了大殿额"普门慧境",寺内除那副大殿联外,还写

海光寺大钟

有御书楼联："春物薰馨含慧业；名禽宛转人闻思"。大士楼联："不生波处心恒定；大寂光天相总融"。后殿额"镜澜普照"。后楼联"欢喜白毫光妙明合印；庄严香水海安稳同参"。乾隆三十二年（1767年）他曾在海光寺前阅兵，作《题海光寺》及《阅武》诗。转年作《海光寺》诗。乾隆五十三年（1788年）拈香海光寺，又写下《海光寺》诗。这几首诗当年均勒石于海光寺中。

谁知到了 1858 年，就是在乾隆题联的这座海光寺内，清政府与英、法等国签订了丧权辱国的《天津条约》。"同治间以寺外隙地为机器分局"，"光绪庚子兵燹，地当其中，庙寺尽毁"，乾隆皇帝那充满禅意的楹联也早已不知去向了。

苔方绿处阶迎午；

花欲开时露润晨。

这是乾隆皇帝为天津柳墅行宫偕乐堂题写的楹联。柳墅行宫是乾隆三十年（1765年），天津长芦盐商捐资为皇帝修建的专用行宫。其坐落地点应在今河东区六纬路与十三经路至十四经路间临近海河的那片区域内。光绪十一年（1885年）这里改建为天津武备学堂。当年的柳墅行宫豪华气派，规模宏大，可称天津最大的古建筑群。乾隆皇帝在此驻跸八次，并留下诸多的题额、楹联，可见他非常喜欢这里。据统计，乾隆在柳墅行宫共题写匾额六处。题写的楹联除了偕乐堂的这副之外，尚有播醇堂联："何处不堪体物理；于斯亦未忘民艰。"海棠厅联："丽日和风春淡荡；花香鸟语物昭苏。""勒寒花树芳迟发；向暖郊原润逮耕。""树将暖旭轻笼牖；花与香风并入帘。"校签室联："土香带润轻围砌；花气含飔近扑帷。""庭绕芳毯铺生意；座有芸编结古欢。""诗情讵花柳；乐意在农桑。"奉佛处联："雁王不异真如性；聚数恒标最上乘。"内殿联："理趣所欣元是善；心期惟与静为谋。""商鼎周彝

柳墅行宫图（见于《长芦盐法志》）

自典重;槛葩苑树相芬芳。""对枝好鸟殷勤语;弹尊闲花自在芳。"顺山房联:"轩亭喜淳朴;瓯研总清嘉。"歇山楼联:"乔柯皆入画;好鸟自调弦。" 乾隆还在行宫内作了数十首诗。他在乾隆三十二年(1767年)诗中说:"春潮上巳后,野墅海河滨。烟意柔条挽,露光嫩蕊习。 向花开户牖,把卷异舻舱。却是怀惭处,德风播未醇。"乾隆皇帝为柳墅行宫所作的匾额、槛联及诗章,都是亲笔书于钩金素蜡笺、洒金蓝蜡笺、碧蜡笺、藕色绢或洒金黄绢上,并钤"乾隆宸翰""陶冶性灵"等御玺,保存于行宫内,有的还刻木或镌石立于宫中。可惜的是,如今众多的乾隆手迹,连同颁存于行宫内的《古今图书集成》及其他珍藏,如今均荡然不知所往。

刘墉 二副

刘墉(1719—1804),字崇如,号石庵,山东诸城人。清大臣,著名书法家。刘统勋之子。乾隆间进士。由编修官至体仁阁大学士,加太子太保。工书法,初学董其昌,继学苏轼,晚年学钟繇、颜真卿。又钻研阁帖,功力很深,用墨厚重,笔法外柔内刚,貌丰骨劲。与翁方纲、王文治、梁山舟并称四大家。有《清爱堂帖》石刻传世。诗集有《学书偶成》七绝 30 首。

公乐亭,独乐寺,公乐不如独乐乐;

四方台,十方院,四方不如十方方。

一次,乾隆从盘山回到蓟州城内,住在独乐寺东院的精舍里。他在刘墉等大臣的陪同下,游览了城西名胜公乐亭,拜谒了城东四方台上的古刹十方院。

这天用过早膳,乾隆和众大臣在独乐寺内的观音阁下漫步。他心有所感，颔首吟道："公乐亭，独乐寺，公乐不如独乐乐"。被人称为"清代包公"刘墉，心头一震。这独乐寺原是因安禄山叛唐时节，曾在此誓师，他思独乐而不与民同乐，采取此名，不想当今皇上也想独乐。他思忖片刻，不无讥讽地诵道："四方台，十方院，四方不如十方方。"意思是为人君者，不能只想独乐，而当兼济天下，体恤万民。

刘墉书八言联

冰凉酒，一点两点三点水；
丁香花，百字千字万字头。

有一年春天，乾隆皇帝从蓟州城去盘山，行至西门外，见遍地蒲公英，黄金点点，便信口吟道："郊外黄花亚似金钉钉地。"随驾的刘墉心知是要他对出下联，便勒住马头，见城内矗立的白塔，高插入云，马上和道："城内白塔犹如玉钻钻天。"乾隆听了心上老大的不快，因为皇帝是天子，"玉钻钻天"犯了忌讳。刘墉自知失言，后悔莫及。

到了天成寺，乾隆皇帝做过佛事，登上江山一览阁，凭栏远眺，见山峦起伏，苍松葱郁，山花万点，路上的不快顿时烟消云散。

住持备下酒席,乾隆和刘墉对饮起来。乾隆手擎酒杯,兴致勃勃地吟道:"冰凉酒,一点两点三点水。"刘墉心里一愣,这上联出得蹊跷,后面的联语点出了前三个字的偏旁,脑门不禁渗出了汗珠,一怕对不出下联,二怕再触犯龙颜。这时,和煦的春风,吹进一股浓郁的香味,他往外一看,一览阁下丁香盛开,顿时触动了灵感,马上和道:"丁香花,百字千字万字头。"乾隆听了,笑逐颜开,因为当今皇帝,正好是万(萬)字当头。

纪昀 二副

纪昀(1724—1805)，字晓岚，又字春帆，直隶献县(今属河北省)人。清代著名学者、文学家。清乾隆间进士，官至礼部尚书，协办大学士，谥文达。曾任《四库全书》总纂修官，纂定《四库全书总目提要》，对这部浩大的巨著做出过杰出贡献。能诗及骈文，有《纪文达公遗集》《阅微草堂笔记》等著作。

绣阁团圆同望月；
香闺静好对弹琴。

纪晓岚有一表亲叫牛稔文，他的儿子牛坤娶媳妇，纪晓岚赠送此联，牛稔文非常高兴，认为很清雅。举行婚礼那天，纪晓岚前来祝贺，指着这副对联问："我用尊府典故用得贴切吗？"原来纪晓岚在此联中用了"吴牛喘月"和"对牛弹琴"两个典故，开了一个玩笑。宾客们会过意来后，无不捧腹大笑。

接受纪晓岚赠联的牛氏是地道的天津人。牛氏父子的事迹在不同版本的天津地方志及《津门诗抄》等乡邦文献中早有记载，且均被列入"邑贤"之列。牛稔文（字用余，号师竹）是乾隆三十年（1765）举人，曾任内阁中书，云南澄江、开化、普洱知府，湖南督粮道，"所至俱有声绩"。有的书上说牛稔文是乾隆年间的天津太守，实为附会之说，有误。牛坤（字次原）是嘉庆四年（1799 年）进士，授户部主事。嘉庆二十一年提督云南学政，到任后认真培养人才，甚有声誉。

纪晓岚向牛家赠联之际正是牛氏显扬之时。其时，牛稔文官运畅达，儿子牛坤新婚，风流倜傥，卓朗自喜。然而当牛坤升任内阁侍读学士后，于道光八年（1828 年）却因为为皇帝修陵，地宫出水，被罢官抄家，充军伊犁，从此一落千丈。

事实上，地宫出水的责任并不在牛坤。史料记载，道光元年修建宝华峪万年吉地，牛坤任总监督，开圹时有石母滴水，知为泉脉所在，便报告给承修大臣英和、戴均元等人，请求更改图纸。英和以相地择穴出自戴均元，恐对同僚有所得罪，未作根本性改变，造成"地宫浸水，工事简单"而引起道光

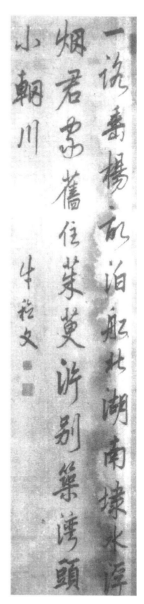

牛稔文行书轴

皇帝的震怒,于是牵罪于牛坤。牛坤纵有千条理由也无法得到皇帝的理解和赦免,只得蒙受冤屈,这真是应了纪晓岚在对联中的"对牛弹琴"那个玩笑。牛坤晚年被赦归至津后,隐居墓园,再也不问外事,由是沦弃以终。这种"见到月亮也以为是太阳而气喘"的胆怯,又真像是当年纪晓岚以"吴牛喘月"取笑于他了。

> 浮沉宦海如鸥鸟;
>
> 生死书丛似蠹虫。

嘉庆十年(1805 年),纪晓岚老死于京城,享年 82 岁。这是他生前自撰的挽联。

在民间传说中,纪晓岚的形象风流倜傥,一表人才;在电视荧屏上,基本上由张国立"垄断"纪晓岚形象,也颇过得去。真实的情况则完全不是这样。据史书记载,纪晓岚"貌寝短视"。所谓"寝",就是相貌丑陋;所谓"短视",就是近视眼。另外,纪晓岚还有口吃的毛病。这些生理特点都成为纪晓岚一辈子与乾隆貌合神离,不被乾隆真正信任的重要原因。有的电视剧还将纪晓岚与和珅的关系描写得形同水火,势不两立。其实,这种事情也根本不可能发生。纪晓岚虽然官职不低,却也时刻小心处事,左右逢源,他是不会把自己树立成和珅的对立面的。晚年的纪晓岚,常以弈道为喻,言其心态,超然世外。他生前这副自挽联,正是这位"世故老人"的写照,似乎也流露出一种苦涩和无奈。

纪晓岚与天津关系密切,他为津人解秉智作传、为水西庄的查为义写墓志铭、给牛稔文写诗,为《沽河杂咏》撰序等,可以说他对天津了如指掌。

赵堃 一副

　　赵堃原名梦庚,字尧春(另作晓春),号雪萝,北仓村人。清代天津著名诗人、画家、篆刻家。生于乾隆二十五年(1760年),天资聪明,性格旷达、平和,博览群书,学识广博,遽学不仕,有高古之风。其室古书叠叠,鳞次案榻。工篆刻,善摹汉印。有"汉印秦章信手雕,尹儿湾上构松寮"之誉。著有《秦汉铜章》二册、《草木名印谱》(又名《楮叶集》)二册。时人以得其作品为快。

　　　　木以枯疏卢见古;
　　　　石因瘦皱透成奇。

　　赵堃工诗。著有《天籁集》《蓼虫集》《板扉集》等,皆已不传。梅成栋辑的《津门诗钞》和华鼎元纂的《津门征献诗》皆存其诗作20余首,除数首是随父宦纪行外,多为酬友和描写津郊农村生活之作。除诗作外,赵堃还有楹联传世。此为赵堃所撰楹联之一,是赠予"木石居"的,上用黄庭坚,下用孟浩然,可谓工对。

杨一昆 一副

杨一昆(1753—1807)，字二愚，号无怪，天津人。乾隆五十三年(1788年)举人。曾起凤楼书社，培养出许多年轻人，对城东盐坨一带文化之兴盛，影响尤大。对诸子研究尤深。凡所著述，训诂义理并重，不偏袒宋儒，对朱熹多所批评。亦擅长制艺，但屡考进士却未中。著有《说诗求似》《左传类编》《四书教子尊经求通录》《尚书眉》《十斛麦》等。

吃一杯何分你我；
下雨散各自东西。

天津市红桥区芥园大堤西端南侧旧时有一条"野茶馆胡同"，胡同始建于清乾隆四十八年(1782)，因这里曾有一"野茶馆"而得名。据说茶馆为落拓秀才张向荷所开，茶客多为骚人词客。他们常在此设猜灯谜、对诗联句，优胜者由茶馆赠书画文具以助兴。此联

杨一昆书稿

为杨一昆为"野茶馆"所题写,雅俗共赏,颇有意味,亦可见当年茶馆内之文化情趣。

华长忠 一副

华长忠(1805—1858)，字葵生，天津人。津门著名文人华长卿再从弟。清举人。诗文、书法俱佳，平生颇有才气，郁郁以终，故所作诗歌，时以放纵自适。尝与梅宝璐相过从，有诗书往还。著有《倦鹤龛诗钞》一卷。

协和雅化自古为昭，看闲歌三终不改当年旧谱；
盛世元音于今未坠，聆承平一片非同近日新声。

这是华长忠为沽上著名茶园——协盛园撰写的对联。协盛园坐落在侯家后南运河畔、北大关桥东，建于光绪初年，为清末天津四大茶园之一（另有金升园、鸣盛园、龙胜轩与之齐名）。据称，协盛园落成之际，京剧名伶卢圣奎、朱连芬、谭鑫培等前来助兴。此联为嵌字联，嵌"协盛"二字。联中，作者将"协盛"二字巧妙拆解为"协和雅化"和"盛世元音"，且上下联分别描绘歌舞、音乐，一看一听，相得益彰，令人回味。

曾国藩 三副

曾国藩(1811—1872)，原名子城，字伯涵，号涤生。清大臣，湖南湘乡人。道光间进士。曾任四川乡试正考官、翰林院侍讲学士、内阁学士、礼部右侍郎。咸丰三年(1853年)奉命帮办团练，后扩编为湘军，镇压太平天国起义，官至武英殿大学士、两江总督；受封一等侯爵。同治四年(1865)受命督办直隶、山东、河南三省军务，镇压捻军。曾与李鸿章、左宗棠等创办江南制造局、福建马尾船政局等军事工业，死后谥文正。有《曾文正公文集》《曾文正公书札》。

一饭尚铭恩，况负抱提携，只少怀胎十月；
千金难报德，论人情物理，也应泣血三年。

梁启超在言及曾国藩时称："非有超群秩伦之天才，在并时诸贤杰中，最称钝性。""其一生得力在立志自拔于流俗，而困而知，而勉而行，历百千艰阻而不挫屈，不求近效，铢积寸累，勇猛精进，卓绝艰苦，如斯而已，如斯而已。"(《曾文正公嘉言钞序》)而曾氏的联语，恰好集中反映了他立德修身的孜孜努力。曾国藩的这副挽乳母之联，足可见他的伦理修养和道德境界。

此联虽挽乳母，而注情之深，比挽母有过之而无不及。联语赞扬了乳母的恩德，表达了他的感恩戴德之情，发自至性，朴实无华。让人想起美国大作家福克纳那篇《卡洛琳·巴尔大妈葬仪上的演说》。这篇演说是哀悼家中女仆之死，真挚如痛悼亲人，被誉为20世纪最著名的悼词，曾国藩的挽联与之何等相似，也足流芳后世。

> 虽豪杰难免过差，愿诸君谠论忠言，常攻吾短；
> 凡堂属略同师弟，使僚友行修名立，方尽我心。

此联为曾国藩1866年调任两江总督时所题，并悬挂于总督府衙。上联希望各位多讲真话，多进忠言，揭他的短处；下联则说所有部属都与我如同师兄师弟，能使同事们有善行、令名，方算尽了我这个为师兄的心。一个封建士大夫，能有如此开诚坦荡胸怀和接纳逆耳忠言的雅量，实为可贵。此联以议论入对，说理明晰、深刻、全面且格律严谨、音韵铿锵。吴恭亨《对联话》认为曾的格言联"谈理较若深邃"，可"以代座右箴铭""不可徒作俪言读"，堪称的评。

> 战战兢兢，即生时不忘地狱；
> 坦坦荡荡，虽逆境亦畅天怀。

曾国藩曾任直隶总督，与天津关系密切。这副对联曾出现在直隶总督衙门，今已收入保定直隶总督署博物馆编印的《清代省衙之

曾国藩书七言联

首》一书内。此联所体现是一种豁达坦荡的为人处世的理念。然曾氏却在查办天津教案中而受到舆论谴责，这一人生"败笔"恰恰也从反面证实了此联所蕴含的深刻的人生哲理。

1870 年曾国藩在就任直隶总督期间，受朝廷委派处理天津教案，由于他一意"主和"，未能"坦坦荡荡"，终使天津教案办成屈辱性的外交，由此全国舆论大哗，曾国藩也被冠以"软弱惧外"的"汉奸""卖国贼"称号。朝野之"清议派"对他的攻击不遗余力，至有主张严惩曾国藩以谢国人者。在北京的湖南人，把他所题会馆的匾额烧毁，有人为联讥之："杀贼功高，百战余生真福将；和戎罪大，三年早死是完人。"曾国藩名誉扫地，声望一落千丈，只好承认"措施未尽合宜，内疚神明，外惭清议"（《曾国藩全集·书信》）。津案结束后，李鸿章接替曾国藩任直隶总督，曾国藩在一片咒骂声中到了北京，1870 年 12 月 20 日到达金陵，三度就任两江总督。

李世珍 一副

　　李世珍(1812—1884)，字筱楼，直隶天津人。近代新文化运动先驱者李叔同的父亲。其上辈兄弟二人，主要经营盐业及银钱业，父名锐，叔父名锟。世珍早年曾教家馆。道光间举人、同治间进士，授知县，官至吏部主事，以团防得四品衔花翎。生平精研王阳明之学，旁及禅宗。有三子：嫡出长子文锦，早逝；庶出次子文熙，字桐冈；李叔同行三，系侧室王氏所生。

> 事能知足心常惬；
> 人到无求品自高。

　　这是李世珍所撰联句，深为李叔同所珍爱。1932年李叔同手书此联，赠予弟子刘质平，且作边跋曰："先进士公六十八岁生余，今夏六月五日为公百二十龄诞辰。公邃于性理之学，身体力行，是联句，其遗作也。"

李世珍一生以善为本,一向热衷于社会公益事业。他一生中最为得意之举是光绪五年(1879)建起的备济社。《天津县新志》说,李世珍"纠合同志建备济社,集巨资备荒,而每岁施放钱米、棉衣、医药、棺木及恤嫠"。所谓备济社,就是以救荒济贫为目的的慈善团体。笔者购得同治三年(1864年)刊《钦定康济录》一书,其卷一记云:"谷不积,不足以救荒。"可见中国古代早有积极的救荒

天津市河北区粮店后街62号李叔同故居院内李叔同父亲李世珍的居所

举措。李世珍筹建备济社,一方面是为慈善心理所驱动,同时也得之于乡前辈李春城设立寄生所的启迪。李春城是咸丰、同治间的一位慈善家。此人因练兵有功,深得僧格林沁的赏识,故授刑部四川司外郎。不久,他便告归居乡,在天津建起了寄生所,每年冬天,收容无依无靠的贫民百姓多达六七百人,施舍衣食棺木,多行善事。李世珍仰慕李春城的人品,60多岁时,回归津门故里,在今天津河北区粮店后街孙家胡同西口路南创立备济社,依照李春城寄生所的规制,尽心恤贫孤寡,"哺之以粥,疾病施医药,死亡则棺殓而瘗之"。此外,还用备济社的一部分资金开办义学,种牛痘。天津人称

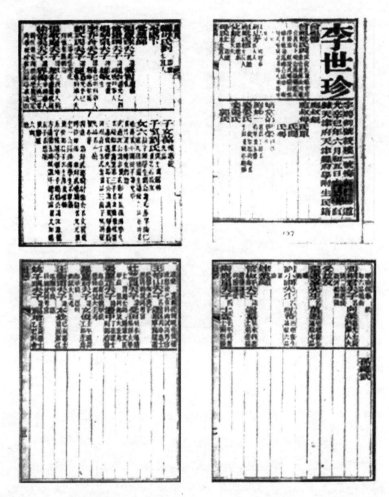

李世珍会试朱卷

他为"粮店后街李善人"。

李世珍的一生除了读书、做官、行善之外,还致力于陶朱之业,是个典型的儒商。他任吏部主事时,即买下大量盐田引地,数年后辞官经商,先后开办了桐达钱铺等,故有"桐达李家"之称。由于李世珍经营有道,理财有方,其晚年,是李家财势最盛之时。李世珍原住天津粮店后街东侧的一所三合院,60岁以后方有财力购置粮店后街晋都会馆斜对面的那处挂有"进士第",过道悬有"文元"匾的大宅院。他从事慈善事业的费用,也是他经商所得。

世珍晚年耽于禅悦,誉满津门。光绪十年(1884)夏,72岁的李世珍身患痢疾,自知不起,临终前嘱家人请僧人朗诵《金刚经》,毫无痛苦,静聆其音,安详而逝。停灵期间,每日延僧,诵经不绝;并由李鸿章"点主",马三元(清朝武官)"报门"。那年,李叔同仅五岁,李世珍去世后,李氏家道渐至衰败。

这副对联正是李世珍为人处世的准则,也是对他一生的概括。李叔同在1894年作有"人生犹似西山日,富贵终如草上霜"诗句,与此联之内涵可谓一脉相承。

"今日方知心是佛,前身安见我非僧",这一充满禅意的联句,亦为李世珍所撰,也经李叔同手书,赠予刘质平。

梅宝璐 二副

梅宝璐(1816—1891)，字小树，天津人。世其家学，终老诸生。清代天津著名诗人梅成栋之子，其诗深受其父影响，语言清新奇特，感情奔放，具有大家气魄。《天津县新志》载："宿松石元善，其父之执也。任直隶时聘宝璐入其幕，相从数十年，遍历畿辅州县，晚年归里，著有《闻妙香馆诗钞》。"

> 高敞快登临，看七十二沽往来帆影；
>
> 繁华谁唤起，听一百八杵早晚钟声。

此为梅宝璐为天津鼓楼撰写的楹联。津门俗谚：天津卫，三宗宝，鼓楼、炮台、铃铛阁（阁，天津人念做 gǎo）。鼓楼被放在"三宗宝"之首，可见它在天津人心目中的地位。旧时的鼓楼，楼高三层，是天津城内的最高建筑，登上鼓楼，可将四外景物尽收眼底。天津的这座鼓楼，明代称"钟鼓楼"，但楼上始终有钟无鼓。"鼓楼之名，盖因更楼而起者。古者,督夜行鼓","用以司晨昏,启闭城门",意即计时之用。至于钟楼或钟或鼓,则都是报时、计时工具。梅宝璐为鼓楼撰联,其上联乃是形容高登鼓楼视野之开阔,七十二沽虽然不能全部看到,但天津河网纵横,舟楫往来,朦胧的帆影,是依稀可见的。下联写的是听觉,感受"一百八杵"敲钟,各地均此,因佛家称人生有一百零八劫,一杵钟声可解一劫。早晚钟声,天津老城城门随之启闭。试想,帆影往来,钟声悠悠,描写中古天津,是一幅多么美丽清新的声画。对此,张仲先生生前曾叹曰:"小树在世时尚无影视片,但他把这种'声画'呈现出来了。"

　　梅宝璐为鼓楼撰联,不仅给鼓楼本身赋予"诗的生命",而且其人也因此愈加闻名乡里。后来鼓楼重修,楹联不存,津门著名书法家华世奎慕其大名,又书写梅之原句,挂于原处,并作数语,附楹联之上:"乡先辈梅公撰斯联语,悬诸楼壁,有年矣。经庚子之乱失去。

建于明代的天津鼓楼

客岁以楼基低仄,鸠工重修,今年春落成。碧瓦丹楹,焕然一新。乡人既取城门古名,属余书楼下四面门额,并补制前联,以复旧观。嗟乎! 高敞依然,繁华日甚。读公斯语,不觉有动于中也。公名宝璐,字小树,诸生。壬戌夏五月,华世奎书并识。"登上鼓楼不仅可以看到河上的帆影,更可望见周围七十二沽,真是天津一大胜迹。鼓楼的这副楹联表现出天津文人的激情与巧思,确是不可多得。

善报恶报,循环果报,早报晚报,如何不报;

名场利场,无非戏场,上场下场,都在当场。

这是梅宝璐为天津府城隍庙对面的戏台所题联。天津城隍庙坐落在天津老城内西北角的府署街(也叫城隍庙街),始建于明永乐四年(1406),成化十九年(1483)重建,清雍正四年(1726)邑人缪启乾捐建后楼五座,亦为三津一大古迹。庙内有两个大殿,府、县城隍各据其一,均有塑像。后有一寝殿,塑有府城隍卧像。殿楹有联曰:"唯神则明,无惭衾影;夫微之显,不爽分厘。"庙门两侧有配殿十间,乃"十殿阎君"殿,塑有不同模型的殿堂和刑场。寓意是:凡在"阳世间"做坏事的人,死后"受阎君审判",按罪受刑,有鞭打、锯身、割舌、下油锅、上刀山等;做好事

建于明永乐四年(1406年)的城隍庙

梅宝璐诗稿

的人，则"打入轮回再转世做人"。据说这些模型均有活动机关，使人看了有一种恐怖感。戏台则坐南向北，位于纵中轴线上，面对府城隍大殿。梅宝璐为戏台之书联，俗而不俗，语出惊人，洵警世之名作。因封建社会树城隍的形象，主要是为了宣扬因果报应、惩恶扬善思想，殿前高悬"你可来了"的巨匾，每年农历四月，均有"赦孤"出"鬼会"之举。梅宝璐此联，与城隍庙之环境气氛极为吻合，并且用意深远，颇具劝惩世人之旨，津门耆旧，皆耳熟能详。

王维珍 一副

王维珍，字莲西，别号大井逸人。天津人。生于清道光七年（1827），卒于光绪年间。咸丰十年（1860）进士，官至通政司副使。工诗，著《莲西诗钞》四卷。尤善书法，有"世世王家传八法"之誉。

闲人免进贤人进；
盗者休来道者来。

此为王维珍为德元澡堂书联。德元澡堂据说是天津最早的澡堂，建于清嘉道年间，位于大丰路原福星面粉公司旁。这副对联运用谐音，在此类联语中颇见技巧。

王维珍书七言联

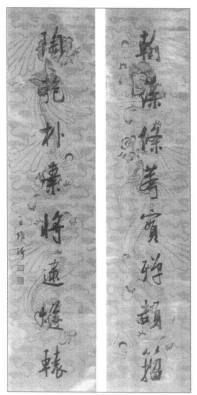

王维珍书八言联

俞樾 五副

　　俞樾(1821—1907),字荫莆,晚号曲园,著名作家俞平伯的曾
祖父。浙江德清人,道光三十年(1850 年)进士,曾出任河南学政。
曾居住于天津。一生致力于学术研究,成为一代朴学宗师,门下培
养出章太炎、戴旺、黄以周、朱一新、宋恕、吴昌硕、刘清韵、崔适、吴
大澂、张佩纶、袁昶、徐花农、王修植等众多名臣、学者、艺术家。

　　　　三多以外有三多,多德多才多觉悟;
　　　　四美之先标四美,美名美寿美儿孙。

　　这是俞樾晚年为其曲园之大堂"乐知堂"自撰的寿联。
　　俞氏家族的存在与天津有难解之缘。同治元年(1862 年)春,为
躲避江南战乱,俞樾一家二十余口人乘坐帆船,经过七天的海上颠
簸,抵达天津。在这里,俞樾得到了驻节天津的老同年、时任三口通
商大臣、署直隶总督崇厚的盛情款待,并被邀请纂修《天津府志》。

当时因缺少经费,无法出外采集新的史料,只能是抄录故书而已,因此俞樾仅纂修了《天津府志》的卷首一卷,现有清同治九年刻本存世为证。俞樾在津矢志于经学著述,且在不到两年的时间内为两个儿子和小女儿成就了婚事,在艰难困苦的情况下,他完成了《群经平议》的著述,《诸子平议》也著成大半。正在他感到"《平议》成书世未传,每愁枉费此丹铅"的时候,津门有位叫张汝霖的富家子弟,在读罢《群经平议》第十四卷专论《考工记》明堂制度后,竟要取之出版问世。俞樾得到消息后,兴高采烈,感叹自己几年的闭门著书总算渐为世人所知,也逐渐摸索到自己的人生发展道路。

同治四年(1865年)春,应江西巡抚李鸿章的邀请,俞樾从天津前往苏州,掌紫阳书院两年,初步奠定了他在当时教育界的地位。后又在浙江主持诂经精舍,进入其经学教育事业最辉煌时期。

曲园是俞樾的终年之所,乃俞樾与夫人亲自设计建造。一向重名的俞樾,由于中州"出题试士,割裂经义"的不慎,落得个削职归田、永不叙用的处分,政治生命已不能再"达",只能认命为"曲",曲园之名寓意如此。而"花落春仍在"的心态,却展示了俞樾从不自弃、永不服输的个性,这又合了老子"曲而全"的话。曾国藩题额的"春在堂",成为俞樾后半生的精神支柱。他特别取《周易》乐天知命之义,题其正厅大堂为"乐知堂",自撰此寿联,道出了他对子孙继承自己道德文章的期望。为了能够"美名美寿美儿孙",俞樾把希望都寄托在唯一的孙子俞陛云身上。因为陛云的父亲祖仁身体已废,俞樾便亲自担当起了培育孙子的责任,特别在曲园的一片竹林中筑屋三间,名为"小竹里馆",作为孙儿陛云的书斋。还专门为孙子编写了《曲园课孙草》一书,可见他在孙儿身上所下的功夫。

湖山恋我，我恋湖山，然老夫耄矣；

科第重人，人重科第，愿小孙勉之。

俞樾之孙陛云，光绪二十四年（1898年）探花及第，俞樾书此联为贺，并加勉励。时俞年七十七岁。

探花乃科举制度进士殿试之第三名。唐制，进士及第，以少年俊秀者二三人为探花郎，遍游名园，探采名花，故名。南宋以后，始列状元、榜眼、探花。俞樾因在河南学政任内出题不慎，以致免官，遂退居杭州，主讲诂经精舍，故云"湖山恋我，我恋湖山"。"老夫耄矣"出自《左传·隐公四年》："老夫耄矣，无能为也。"意谓老夫老矣，此石碏自称。樾用之，亦自称。意谓自己已老，唯有乐居湖山，看孙辈入仕。科第，本为根据科条，规定等级（见《汉书·元帝纪》），后即用为科举之称。苏轼《和邵同年戏赠贾收秀才》诗："生涯到处似墙乌，科第无心摘颔须。"此谓科第可以重人，人亦当因科第而自重，已寓勉励之意。科举时探花及第，仅次于状元、榜眼，为极荣耀之事。联则重在勉励，且为祖父口吻，自是学者之联。

念老夫毕世辛勤，藏书数万卷，读书数千卷，著书数百卷；

喜文孙连番侥幸，院试第一人，乡试第二人，廷试第三人。

这是俞樾贺孙的另一副对联，与前联则有不同。"连番"即接连不断。"侥幸"本为意外获得成功之意。清代口语谦称科举中试亦曰"侥幸"。《儒林外史》第二回："梅玖道：就是侥幸的这一年。"即指其进学而为秀才之年。"院试"即清代由各省学政主持之考试，及格即为秀才（见《清通典·选举典》）。乡试，每届三年，集诸生于省城举行之考试,中试即为举人。廷试,《明史·选举志二》:"以举人试之京师,曰会试。中试者,天子亲策于廷,曰廷试,一曰殿试。"会试中者为贡士,贡士经殿试赐出身者为进士,分一甲、二甲、三甲。一甲三名,即状元、榜眼、探花,赐进士及第;二甲赐进士出身;三甲赐同进士出身。此联亦非自炫,乃举其巧。藏书、读书、著书固是佳事,科举如此,则更巧,实不可不书,不可不贺。

> 十岁能诗,廿岁能词,错认痴儿兼福慧;
>
> 去年哭子,今年哭女,怎教老泪不干枯。

这是俞樾为其次女绣孙撰写的挽联。绣孙最为俞樾所钟爱。俞樾与夫人育有两儿两女。长子绍莱年未弱冠即应科举,可俞樾似乎对儿子并未抱多大希望。他向戴望讲道:"亦拟捐一官与之,俾得自谋生计足矣,必欲科第世家,词林接武,此又世俗之见也。"在曾国藩、李鸿章等师友帮助下,绍莱任北运河同知,光绪七年,逝于任所天津,无嗣续后。次子祖任自幼就体弱多病,学业不继,也就难以科举,终"以心疾废事",只生有陛云一子,这样陛云成为俞家的唯一传人。绣孙虽为俞樾女儿,但她生而明慧,诗词歌赋甚有

俞樾书隶书八言联

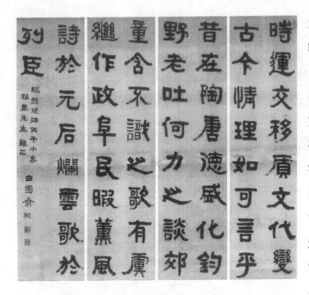

俞樾书法四条屏

天赋,俞樾特给绣孙的居所起了个"慧福楼"的名字,希望小女儿今生慧与福兼具。俞樾在深赏女儿才华的同时,也常为词句中透露出过于悲凄的情调而担忧。他在与女儿的信中劝道:"水仙花诗寄托遥远,格律清稳,极为可喜。咏古诸章无甚深意,且词句过涉凄恻,闺中少年人不宜作此。以后作诗,宜以和婉为宗,欢愉为主,方是福慧双全人语也。吾前以福慧名汝楼,慧则付之自天,福则修之自我,汝宜深思。"

同治甲戌年绣孙随丈夫南归杭州。杭州至苏州有400里,绣孙每年必来曲园看望父母。这样春来秋去形成规律,她曾经开玩笑地说:"古代有雁臣,我就是一只燕子。"俞樾每到俞楼,女儿也必至此陪伴。常常当宾客喧阗、笔墨丛集、苦不堪言的时候,听到女儿到来,俞樾便伸眉一笑。绣孙的丧讯传来,俞樾几乎不能自制,人们常言,死者于地下仍可相聚,如同生前一般,俞樾哭喊着说:"愿欣然规往矣。"在爱女灵帏前,老迈的俞樾用颤抖的手题写挽联,道出了丧女的哀情。

欲除烦恼须无我；

历尽艰难好做人。

烦恼，人皆有之，但烦恼的内容则因人而异。求学受阻，可生烦恼；事业不顺，可生烦恼；家庭不睦，可生烦恼；甚至出门遇雨，吃饭碜牙，皆可生烦恼。然追根求源，烦恼都从一处来——"我"。无我则无私，心底无私天地宽，有何烦恼可言？"无我"是根除烦恼的良药。"欲除烦恼须无我"，实在是深富哲理的人生经验之谈。

温室中的幼苗，稚嫩娇弱，经不起风吹雨打。在人生的航程中，不会永远一帆风顺。晋文公在外19年，"险阻艰难，备尝之矣；民之情伪，尽知之矣"。因而各方面也渐趋成熟。"历尽艰难好做人"，已为大量的事实所证明。

曲园先生这副自题联以"过来人"的口气，中肯地向人们提出劝诫，富有启迪性。

张裕钊 一副

张裕钊(1823—1894),清散文家、书法家。字廉卿。湖北武昌人。道光举人,官至内阁中书。曾师事曾国藩。与黎庶昌、吴汝纶、薛福成称为曾门四弟子。讲学于武昌经心书院。论文守曾国藩家法,从仿习韩愈、欧阳修诸人入手,上推先秦汉代。善书,工古文。有《濂亭文集》《今文尚书考证》《左氏服贾注考证》等。

> 缥缈三山回望白云生翠巘;
> 滂洋万里但见碧海磨青铜。

此乃张裕钊为天津天后宫大殿题写的楹联,款署"内阁中书张裕钊书集句"。此联作于清光绪十四年(1888 年),民国时尚存,赵元礼《藏斋四笔》有载。赵对此联颇为赞赏,认为此联有风致,"尤遒峭"。

旧时的天后宫

李鸿章 三副

　　李鸿章(1823—1901)，号少荃。安徽合肥人。清末大臣、洋务派首领。道光间进士，授翰林院编修。咸丰三年(1853)，随工部侍郎吕贤基在籍办团练。1858 年去江西投靠曾国藩，充幕僚。1861年冬，奉命到庐州编练淮军。次年因抗击太平军升任江苏巡抚。后任两江总督。1870 年继曾国藩任直隶总督兼北洋通商事务大臣，掌管内政、外交、军事大权，成为洋务派首领。1899 年调署两广总督。他是晚清权倾一时的人物，其一生几乎与晚清相始终。《马关条约》《辛丑条约》等都有他谈判而最后缔结。著有《李文忠公全集》。

享清福不在为官，只要囊有钱，仓有粟，腹有诗书，便是山中宰相；
祈新年无须服药，但愿身无病，心无忧，门无债主，即称地上神仙。

　　李鸿章生活在"四海变秋天"的封建末世，处于中国社会大转型时期。作为一个过渡时期的过渡人物，在生前和死后，人们对他始终褒贬不一,毁誉参半。有的给他戴上"东方俾斯麦""地主阶级改革派""中国近代化之父"的桂冠,有的则斥之为"李二先生是汉奸""乱世之奸雄""卖国贼"。无论是褒还是贬,人们不得不承认:李鸿章是晚清的重臣,是 19 世纪后半叶名满中外的人物。他在晚清中国政治舞台上活动了半个多世纪,其中有一半时间,"坐镇北洋,遥执朝政",对清政府的内政外交产生重大影响。

〔美〕华士·胡博《李鸿章像》(1899年)

这是李鸿章自题宅第联,联中抒发了淡泊名利,有如隐士一样的情怀,但是否人如其文,后人自有评论。

论诗说剑皆第一;

饮酒食肉自得仙。

李鸿章书写的这副对联可谓大俗大雅,勾画了自己的生平。"论诗""说剑""饮酒""食肉",好像是对他作为大清"裱糊臣"的自嘲,也像是对他一生荣辱的概括。他晚年曾进行自我总结和反省,说:"我办了一辈子的事,练兵也,海军也,都是纸糊的老虎,何尝能实在放手办理?不过勉强涂饰,虚有其表,不揭破犹可敷衍一时。如

原天津李公祠建筑

一间破屋，由裱糊匠东补西贴，居然成一净室，虽明知为纸片糊裱，然究竟不能决定里面是何等材料，即有小小风雨，打成几个窟窿，随时补葺，亦可支吾对付。乃必欲爽手扯破，又未预备何种修葺材料，何种改造方式，自然真相破露，不可收拾，但裱糊匠又何求能负其责？"这与他对联所言，语不同而意同，又好似他对这副对联的诠释。正如梁启超评价李鸿章那样："要而论之，李鸿章有才气而无学识之人也，有阅历而无血性之人也。"可以说，李鸿章是腐朽的大清王朝的忠臣，是封建社会的补天者。梁启超在获悉李鸿章死讯后，怀着敬其才、惜其识、悲其遇的复杂心情，撰成一挽联："太息斯人去，萧条徐泗空，莽莽长淮，起陆龙蛇安在也？回首山河非，只有夕阳好，哀哀浩劫，归辽神鬼竟何之。"

　　师事近三十年，薪尽火传，筑宝泰为门生长；

　　威名震九万里，内安外攘，旷世难逢天下才。

　　这是李鸿章写给曾国藩的挽联。李鸿章与曾国藩关系尤为密切。李父与曾为道光戊戌同年会试。1858 年李鸿章入曾国藩湘军幕,受命按湘军制编练淮军,成为清政府镇压太平天国和捻军的两大主力。洋务运动开始,二人都主张练兵、制器,学习西方,是洋务派的主要人物。李鸿章的品学多受曾国藩的陶冶,事业亦出于曾国藩的培植。李少于曾 12 岁,尊称曾国藩为"师相"。曾国藩亡故,李鸿章悲痛不已,撰此挽联表露出感激、继承之意。同治十二年三月二十日(1873 年 4 月 21 日),李鸿章上了一道《津郡建曾国藩专祠》奏折,折中备述曾国藩在直隶、天津"政绩""委属有功于民"。说这

李鸿章书七言联

李鸿章书七言联

是应天津绅士沈兆沄等联名吁请择地建祠。24 日，奏折奉朱批照准，即动工兴建。地址选在旧三岔河口西北约二里处（1918 年河道裁弯取直后为今新三岔河口），这里是南、北运河相距最近的地方，为天津通往华北内地水路必经之地。它南距总督衙门仅几百米，与繁华的侯家后、估衣街隔河相望。祠堂于 1874 年 10 月建成，立有石碑一通，碑文即李鸿章奏折全文。

卞翊清 一副

卞翊清,字鹭宾,生活在清同治、光绪时期。天津人,祖居天津城东门里乡祠大院,俗称"乡祠卞",天津"八大家"之一。同治三年(1864)甲子科举人,光绪三年(1877)丁丑科进士,曾任官户部郎中。

隆业有基珍罗山海；
昌期即遇利取鱼盐。

此联是天津老字号商铺隆昌海货店的一副藏头联匾。天津隆昌海货店为天津"乡祠卞家"所创建。1912年卞家族人卞荫昌、卞翊清共同出资,在天津北门外运河南岸北大关桥头开设隆昌号海货店。卞荫昌,字月亭。光绪年间曾任职工部、法部。1913年任直隶商务联合会会长。1914年任直隶巡按使公署参议。1916年10月,天津发生了法帝国主义强占老西开事件,他以天津商会会长的身份,对天津人民反法抗争运动积极支持,曾以商会存款及各处捐款十

1919年开业的天津最大的海货店——隆昌号

余万元,支援法租界工人及华籍雇员的罢工斗争,1918年当选众议员,1919年任直隶商会总会长,后兼任全国商会联合会会长。卞翊清是光绪年间的进士,曾供职于户部。

隆昌号海货店开业之初,卞翊清自己撰词并自书一副藏头联匾,悬挂在正门两旁。上联是"隆业有基珍罗山海",下联是"昌期即遇利取鱼盐",上下联之首便是"隆昌"二字。这副对联既突显了商家的字号,又很有趣味,此后估衣街、针市街、宫南、宫北大街及租界地的一些商铺、商场多为效法。

1928年天津劝业场建成开业时,创办人高星桥请人撰写"劝业"藏头联。先是有人拟出"劝吾胞与,业精于勤"四字联,高星桥认为这四字联好像标语口号,不甚满意。遂与其挚友魏信臣、翟耀庭、邢品一、尹献亭等商议推敲,他的长子高渤海也在场,大家研究结果,决定再请人补上商场两字,即"劝吾胞与,业精于勤,商务发达,场益增新",精制成藏头联悬挂起来,顿时使劝业场内增添了文化气氛。

戴彬元 二副

戴彬元(1836—1889),字君仪,号虞卿、渔青。天津汉沽人。清光绪庚辰(1880年)科传胪,翰林院庶吉士。工诗善书。初设于坊间,及第后,书名大噪。其书法深入颜真卿堂奥,拙雅独特,一时有"南黄(自元)北戴"之称。因其行书顿挫抑扬,有人称其书为"金刀错"者。有楷书《画品》、小楷《殿试录》等帖传世,著有《彬元诗集》《司空诗品》等。

博览广闻见;
寡交无是非。

戴彬元受家庭熏陶,特别是他父亲戴襄青(授武邑县教谕兼观津书院主讲,磁州学正)的影响,自幼勤奋好学,为人正派。他在光绪己卯年(1879年)任户部主事;庚辰年(1880年)参加朝中殿试,获二甲第一名,朝考一等第二名,皇帝钦点翰林院庶吉士,江南副

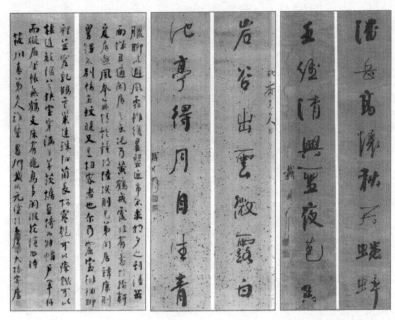

戴彬元行书对屏　　　　戴彬元行书七言联　　　戴彬元八言字对

主考官。戴彬元为官近 30 年，清明廉洁，卸任回乡后生活拮据。他在 35 岁那年得子章勋。章勋天性聪慧，很小就懂得认真读书、练字。戴彬元对小章勋寄予厚望，特书写这副对联，贴在戴章勋居室的门框上，勉励儿子多多读书，增长见识，不义之人莫相交，切莫卷入是非之中。此联大俗大雅，通俗易懂，无高谈阔论，便于儿童理解。在父亲的教导下，戴章勋学识日增，也写得一笔好字。戴彬元去世九年后，戴章勋考取拔贡生。春节回家探亲时，他在父亲的对联外侧又附贴一副对联："拟将竹叶留春住，笑指柴门待月还。"戴章勋为清末进士，他没有辜负父亲的期望，为官清廉，颇有政声。书法亦宗颜体，与其父书风相近。

小山多明俯拾即是；

众峰侧影垂空犹飞。

戴彬元擅制联语。此联语义新颖，别致，且有特殊的寓意，《中国对联集成》特将这一作品收入其中。

高赓恩 四副

高赓恩(1840—1917),北塘人。清光绪二年(1876年)丙子恩科进士,入翰林院初为庶吉士,后授职编修,充国史馆协修,奉旨上书院行走。简放四川学政,充湖南正考官,外放陕西任汉中道台。光绪二十六年(1900年),慈禧太后册立总理大臣载漪的儿子溥儁为大阿哥(即皇储),时任汉中道台的高赓恩被召回京任溥儁的业师。同年,义和团运动被镇压,载漪革职充军新疆,溥儁随之被废,高赓恩解职归里。为晚清翰林大儒,一生著述百余种,诗作7000多首。

三千年经义重明,湖湘江浙丕振儒风,即此邦才重马扬,谁复辞华艳西汉?

四百里大贤踵起,濂洛关闽力肩道统,虽当日谤兴朱李,何禁俎豆续南轩!

　　高赓恩任四川学政时为浦江县(今属成都市)魏公祠(魏了翁祠)撰并书此联,四川邛崃市鹤林寺了翁祠也有此联。其上联写湖湘江浙的儒学传统,嵌入西汉著名的词赋家司马相如和扬雄;下联起首言湖湘学派,再点周敦颐开创的濂学,程颐、程颢兄弟的洛学,关中人张载的关学,生于福建的朱熹的闽学,嵌入朱熹与其老师李侗,构思巧妙且有厚重的历史感。上下联联语均未着魏了翁一字,然"谤兴朱李""俎豆续南轩",把理学曾经遭禁,南宋理学大师魏了翁继承、发展张栻一脉,沟通湖湘与巴蜀文化交流的功绩浓缩其中,明眼人一读了然。

顺天康泰雍澂乾坤嘉圣道;
治国熙和正逢隆世庆恩光。

　　这副对联,不仅囊括了从顺治到道光六个皇帝的年号,对每个皇帝都作了精道的评价,而且横读竖念皆成文。虽有粉饰皇权之嫌,但词语典雅、音韵铿锵,含义隽永而又别出心裁,是嵌名联中之上品。

百炼此身成铁汉;
三缄其口学金人。

　　这副对联是高赓恩归里写给"再姪",也就是其侄孙的。对联的落款是"赓恩作于渠塘文阁中"。钤印两枚,一是"高赓恩字曦亭",二是朱印"道光生人,咸丰秀才,同治举人,光绪进士"。此联是集句联,撷自清代楹联大师梁章钜所编《楹联丛话全编·五》中一位女子为其夫写的座右铭："人生惟酒色机关，须百炼此身成铁汉；世上有是非门户，要三缄其口学金人。"高的这副联乃取其内涵，集其句，上下联词类各个相当，而且结构相应，节奏相同，平仄协调。精炼的文字寓意深永，印章也颇耐寻味。可以说此联既是对晚辈做人的指导，也是对自己浮沉宦海的苦味品咂。

据邓琼先生《清代的北塘楹联》，高赓恩学识渊博，当时堪称北方大师。比较他在诗文方面的成就，诗长于文，而楹联最见功力。有资料说，当初他被选作皇储溥儁的讲师，除了学识和道德文章外，还因为他有一笔好书法。他的字初宗欧阳询，凝重而潇洒，稳健而丰腴，后由欧体过渡到行书，清雅、飞动，自成一家。北京颐和园慈禧太后居住的乐寿宫寝室内今尚有高赓恩的一对条幅，故宫乐寿堂有他的五绝数首。据说家乡人向他求联索字并不难，直到"文革"前，北塘不少人家还有他的真迹，可惜几乎都被那场浩劫荡尽了。

林泉好处将诗买；

风月佳时用酒酬。

这是一副赠友联，撷自北宋理学家邵雍晚年写的长诗《岁暮自贻》。与赠"再姪"联一样，这也是一副工对。然此联妙处在遣词上用了借代手法，不说"林泉好处将诗写；风月佳时当酒醉"，而是以"买"易"写"，以"酬"易"醉"，两字之变，全盘皆活，文人意趣、美景境界全出。

华俊声 一副

华俊声,清末人,字少兰,天津人。光绪乙亥(1875年)举人,庚寅(1890年)进士,改庶吉士,授编修。曾任丁酉科河南乡试副考官。精于书法,工行楷。

> 东流曲水楼三面;
> 来客当飞酒一觞。

此为华俊声为东来轩茶馆所撰嵌字联,当年悬挂于东来轩戏台的抱柱上。东来轩位于津门侯家后小马路与单街子交口处,始于清嘉庆年间,是天津早期具有影响的茶馆之一,与天会轩、四合轩、福来轩、会友轩、三德轩、万有轩、宝和轩、西来轩和六合轩合称津门十大轩。此联用"东来"二字贯顶,因酒楼近傍海河,联中又化用了"流觞曲水"的典故。古代习俗,每逢二月上旬巳日(魏以后为三月三日),集会于环曲的水渠旁,在上流放置酒杯,任其顺流而下,

远上寒山石径斜白云深处有人
家僮坐爱枫林晚霜叶红于
二月花寒雨连江夜入吴平明
送客楚山孤洛阳亲友如相问
一片冰心在玉壶
丁未冬日少荀华俊声

华俊声书法

杯停在谁面前，谁即取饮，此为"流觞"。王羲之在《兰亭序集序》即有记载。《荆梦岁时记》称之为"流杯曲水"。此联"因难见巧"，"东"与"来"词性不同，尤难，不仅切合当时情况，而且嵌字畅然，令人叫绝。

刘道原 二副

　　刘道原(1842—1921),天津葛沽人,居城东粮店后街。自幼饱读诗书,精通经史,文笔流畅,善于诗词,工于书法,尤写得一笔古朴典雅的唐隶。常以书件送于商家、富户,用其所得救济穷人,自谓"天津善人",人称"文人乞丐""文混混"。

　　　　直隶高等审判厅伤天害理;
　　　　南皮张氏双烈女杀身成仁。

　　清宣统年间,天津发生了一件震撼人心的事。直隶省南皮县有个叫张绍庭的穷苦人,因生活所迫来天津拉"胶皮"(人力车)谋生。两年多省吃俭用,略有结余,便接其妻携立姑、春姑两个女儿来天津共谋生计,不幸被一个叫戴富有的地痞无赖用骗婚的手段,拟将两个姑娘强行卖入妓院。张绍庭上告到直隶高等审判厅。世道黑暗,主审的推事(法官)受贿,有意错断了此案。立姑、春姑性格刚

▲春姑(左)、立姑

◀南皮张氏两烈女碑

毅,以死抗暴,双双服毒身亡。

此事传到刘道原的耳朵里,刘道原义愤填膺,当即写了这副对联。在天津人为"双女"出殡时,亲自将此联举出来表示抗议。因此事引发了天津人民对当局的不满情绪,警署唯恐事态扩大,又得知被害者与清末重臣张之洞同族,对上不好交代,便将二女葬于西门外的烈女墓中,并立碑一座,立碑那天又召开了隆重的纪念大会。

为国保城隍置身应受恩锡；

感君安社稷显圣扶衰运兴。

　　天津城隍庙为天津一大古迹。庙内有两个大殿，府、县城隍各据其一，均有塑像。此为刘道原为天津县城隍庙大殿撰写的对联。联中赞城隍对社稷家国及保一方平安的作用与功德；同时采用"为国保城隍""感君安社稷"，更刻意强调供奉拜城隍在民间的意义。

刘道原隶书七言字对

天津城隍庙后殿

盛宣怀 一副

盛宣怀(1844—1916),字杏荪,号愚斋,江苏武进人。多年生活在天津。1870 年入李鸿章幕,任行营文案兼营务会办。1873 年在天津筹办轮船招商局,并任会办、督办。自此以后,即成为李鸿章在津兴办洋务的得力助手。1879 年署天津河间兵备道,1880 年筹集津、沪电线,转年任天津电报局总办,1884 年署理天津海关道兼津海关监督,实掌北洋经济枢要。1886 年改任山东登莱青兵备道兼东海关监督。1892 年复任天津海关道兼海关监督。1895 年获准于天津筹办中西学堂(北洋大学前身),任督办。在主办天津电报局期间,与丹麦大北电报公司、英国大东电报公司签订条约,允许他们在中国沿海敷设电线,并可在海口登陆,控制中国沿海电信。

击楫沂黄流,但求利济澄清,不惜艰危凭造化;
翔舻来翠羽,幸赖神灵呵护,敢云忠信涉波涛。

盛宣怀

天后宫殿内

　　这是天津天后宫早期的一副对联，对联下款写的是武进盛宣怀敬献，刻在木板上经油漆后悬于大殿，并在两旁书有文字。对联的大意是：本人奉命视察黄河水灾，舟行遇大浪，危险万分，当经祷告神灵保佑后，忽有翠鸟群绕帆桅，随即风平浪静，得庆生还云云。船逢风浪，事本经常，鸟靖波涛，实为巧合。盛宣怀为清末重臣，拟联赘语，实属答谢神灵，抑系自夸政绩，外人殊难臆测。该联曾在天后宫悬逾半个世纪，后因殿宇损毁久已不存。

康有为 三副

康有为(1858—1927),光绪进士。近代政治家、诗人。原名祖诒,字广夏,号长素,又号更甡。广东南海人。1890年于广州万木草堂讲学,主张变法图强。1895年甲午战争失败后,康有为与在京会试举人三千余人联名上书,要求清廷拒和、迁都、变法。1898年支持光绪帝发动"百日维新",失败后亡命国外。在经学、文学、哲学、诗词、书法诸方面均有精深造诣。其思想对近代思想界产生过重大影响。著有《新学伪经考》《大同书》《康南海先生诗集》等。

> 霜雪万里孤臣老;
> 光芒千年正气收。

此乃康有为为天津正兴德茶庄撰联。正兴德茶庄的发祥地是天津老街竹竿巷,原名正兴茶叶店,建于清咸丰年间,是驰名全国的老字号。民国年间,相继在劝业场附近及东北角官银号开设支店。康的这副对联从字面上看无疑是祝愿正兴德鸿图广运,而内里却又另含深意。细细琢磨,他则是以此联反衬自己的孤立无援和饱经沧桑的境遇。康有为维新运动失败后,刻有一印,四厘米见方,印文是:"维新百日,出亡十六年,三周大地,游遍四洲,经三十一国,行六十万里。"他把一生最重要的政治生活概括到一印之中,抒发了他的无限感慨。此印与那副联语的内容似乎在发出同一种声音,都是在透露出一种情不自禁的感伤。

> 开张天岸马;
>
> 俊逸人中龙。

这是康有为赠李维新联。张伯驹在《素月楼联语》里说,此联与

康有为书七言联

康有为书五言联

康赠任启圣联"应求贤作砺;更与天为徒"、康赠金峙生联"奇峰入汉,高浪驾天",这三副对联"并有气象"。

> 牧野鹰扬,百岁勋名才一半;
> 洛阳虎视,八方风雨会中州。

这是康有为送给吴佩孚五十大寿的对联。吴佩孚字子玉,山东蓬莱人,民国时期著名的军事家,官至豫鲁两湖巡阅使,中国国民革命军一级上将。下野后在天津当寓公。吴佩孚五十岁是 1923 年。1922 年曹锟的直系与张作霖的奉系发生了"第一次直奉战争"。吴佩孚是直军的总司令,结果直系获胜。吴佩孚的声势于此时达到顶点,被任为"直鲁豫三省巡阅副使"(正使是曹锟),开赴洛阳。

此联用鹰扬、虎视来切吴佩孚,也写出了吴的顾盼自雄。牧野是古地名,其地在今河南新乡市,包括新乡所辖卫辉市等地。又据《尔雅》:"邑外谓之郊,郊外谓之牧,牧外谓之野,野外谓之林。"牧野是相对于殷都朝歌(今河南鹤壁市淇县)而言的。从朝歌城由内向外,分别称作城、郭、郊、牧、野,牧

康有为书七言联

野其深意暗指曹锟主于朝（北京），吴佩孚主于外（洛阳）。更深一层的意思是用"牧野之战"来隐喻"第一次直奉战争"。牧野之战是周武王军队和殷商军队的决战，史称武王克殷、武王伐纣。这是站在历史的大视野来评价吴佩孚，即所谓史笔。

上联"百岁勋名才一半"，年龄一半是实，勋名一半是善祝。下联"八方风雨会中州"，当是从"万国衣冠拜冕旒"而来。中州是指洛阳，八方风雨，际会中州，把当时洛阳的重要性写出来了。吴佩孚的重要性突出了。这副对联于大气恢弘中有巧思，不落于纤弱，不落于媚俗，而归于典雅，越琢磨越能体会其中之妙。

易顺鼎 二副

易顺鼎(1858—1920),湖南龙阳(今汉寿)人。字实甫。光绪元年中举。纳资以道员用,历任河南候补道。甲午中日战起,两赴台湾,助刘永福抗战。后官至广东钦廉道、高雷道。1913年由袁克文荐任印铸局参事,任内两署局长。袁世凯死后寄情诗酒。尝问业于王湘绮,与湘乡曾广钧并称。工诗词与骈文,与樊增祥齐名。多年生活在天津。

卅六里雪浪飞来,淘尽万古英雄,尚遗鸦阵神兵留传部曲;
廿八将云台在否,幸有五溪祠庙,得与羊裘钓叟共占江山。

此易顺鼎题伏波庙联。伏波庙在广西横县云表乡站圩村南,伏波滩北岸,长10余里,水急滩险,水声轰鸣,十分壮丽。传东汉伏波将军马援,南征交趾(今越南)时,率军经此,浚滩疏河,以运兵粮。后人称此为"伏波滩",在北岸临河靠山建伏波庙。《横州志》载,自

易顺鼎诗稿

宋以来已 13 次修葺。建筑有钟鼓楼、牌楼、前殿、祭坛亭、回廊、主殿和后殿。殿面阔 5 间,进深 2 间,穿斗梁架,前殿硬山顶,主殿歇山顶。梁、柱、檐板浮雕,回廊绘壁画。庙内塑马援像。易顺鼎的这幅对联不仅写得极有气势,而且点出伏波将军的威猛与功绩,故而被张伯驹先生收录在他编著的《素月楼联语》中。

美人才子有情痴,女爱男欢,祝生女皆美人,生男皆才子;
圆月好花无量寿,天长地久,愿地上花常好,天上月长圆。

这是易顺鼎贺妾何玉颟 40 寿联,为含重字的自对联句,颇显作者的高明与功妙。其上下联两个重字的位置不同。但上联"生""皆"重言,"女"与"男","美人"与"才子"分别自对;下联"上""常"重言,"地"与"天","花"与"月","好"与"圆"也分别自对,存在明显的规律。

徐世昌 二副

徐世昌(1855—1939)，字卜五，号菊人、鞠人、东海、弢斋，号水竹邨人、石门山人，室名退耕堂、海西草堂、归云楼。天津人。清光绪间进士，授翰林院编修，军机大臣，东三省第一任总督。1918 至 1922 年任中华民国大总统。此人国学功底深厚，著书立言，涉猎广泛，诗书画兼通，素有"文治总统"之称。

> 大事业须从根本上做起；
> 真学问必由经史中得来。

此联写于 1933 年，此时正是徐世昌结束 40 年的宦海生涯、在天津归隐之际。1922 年，徐在曹锟恢复旧国会的窘境下，被迫辞去大总统之职，明志曰："半日读书，半日静坐。"并命名其书房为"退耕堂"，表示不再过问政事。平时他在书房里潜心于著述、绘画、写字和吟诗。常吟古诗"八十老翁顽似铁，三更风雨采菱归"，且坚持写日记。他在自家住宅地上开畦种菜,自诩为"解甲归田"。每当茶余饭后,他就来到菜畦旁,亲自指点佣人培植蔬菜,有时他也换上短衣,手持锄头,在菜畦中间劳作。他信奉道教,特别崇拜吕洞宾,他在楼上设吕祖像,午睡后在吕祖像前叩头一百个,天天如此,从不间断,还每日静坐练气功。他曾为严修题过一首诗:"诗坛酒垒厌江湖,眼底纵横见此图。花月多情如梦幻,川原有恨入榛芜。客来关辅三霄路,臣本烟波一钓徒。"

徐世昌一生喜撰楹联,据说他出任大总统后,即常将自己书写的楹联分赠局以上官员。1934年,他于80寿辰时,在天津英租

1926 年徐世昌迁居天津租界的照片　　徐世昌撰《退耕堂集》

界寓所举行寿庆,宾客盈门。他早在一年前就书写了数百幅楹联和条幅,赠给来宾。从书写的年代和款识上看,此联正是他赠送给亲朋楹联中的一幅。上联的长题中写道:"从古至今,多少英才杰士无不遵此二语磨炼而成。"这像是勉励别人,其实也道出他的内心世界。

徐世昌早年曾"同署六人联名奏请练习将才增练新军",为对自己有知遇之恩的袁世凯疏通上层。他刻苦攻读外语,结合中国实际,改革新军体制,小站练兵,功不可没。他精心建设"北洋常备军"六镇,又开发东北,使奉天"马路、电灯、巡警无不具,俨然欧式"。民国时期,位至总统,坚持以文治国,对内和平息争,对外维护主权。尤其在日本侵华期间,下野后的徐世昌不为权势所屈,不为游说所惑,对拥其出山主权者厉声呵斥,断然拒绝。从这一点上看,徐的这幅对联或许同他的一生还能对得上号。

几多柳絮风翻雪;
无数桃花水满霞。

徐世昌在清末民初文坛、诗坛早有一席之地。他素有"总统诗人"的称誉。出任总统时,特意在总统府成立"晚清簃诗社",吟诵唱和,以诗会友,在政界堪称奇人。他一生创作诗词5000多首,创作了一万余幅楹联,不仅数量多,而且许多作品"度越前人"。如"半村半郊山边市,宜雨宜晴江山楼""此心平静如流水,放眼高空看过云""少时读书老犹记,梦里成诗醒半忘",均是意境优美、格调高雅的佳作,毫无一点烟火之气。徐常作文人画,有"诗书画一体三面"之称,典雅的楹联配以他韵味十足的画作,可谓珠联璧

徐世昌五言联 　　　　　徐世七言联

合。此联以夸张的手法,取柳絮、桃花的景致,一派春意盎然展现
在人们面前。

袁世凯 二副

袁世凯(1859—1916),字慰亭,河南项城人。早年两次参加乡试落榜。后投靠淮军统领吴长庆,随从到朝鲜,负责前敌营务处。其后,被李鸿章保荐为三品道员,任驻朝通商大臣。1895年,被派往天津小站督练新军,后升为直隶按察使。戊戌变法期间,赞成维新,却向荣禄告密,从此得到慈禧宠信。1901年任直隶总督兼北洋大臣,在天津推行"新政"。累至军机大臣,成为北洋军阀首领。武昌起义时,凭借北洋势力和帝国主义支持,初任内阁总理,陈兵长江,向革命党要挟议和,从而取得大总统职位。1915年改总统府为新华宫,改民国五年(1916)为洪宪元年,准备即皇帝位。1916年3月22日,在蔡锷等护国讨袁声中被迫取消帝制。6月6日病亡。

勇烈贯长虹 想当年马革裹尸 一片丹心化作怒涛飞海上;
精诚留碧血 看今朝虫沙恸劫 三军白骨愁歌东府战城南。

这是袁世凯为"聂忠节公殉难处"书写的长联,横额为"生气凛然"。此联记述了一曲气壮山河的英雄殉国的悲歌。

1900 年帝国主义者组成"八国联军",从大沽口攻入天津。时任直隶提督的聂士成统率"武卫前军"奋力抵抗。联军以 6000 多人的兵力进攻小营门、马场道一带,聂士成率部坚守。但因寡不敌众,退至八里台。此时,从租界里出来的 500 名日军也加入围攻的行列,聂士成被敌人重重包围。激

任直隶总督兼北洋大臣时期的袁世凯

战两小时后,聂士成两腿负重伤,率军突围至卫津河八里台桥。两军接火,弹飞如雨。营官宋占标哭求聂士成向城区后撤,聂士成提刀挺立桥头,不为所动。他说:"我与天津城共存亡,离此一步,不是男儿大丈夫!"正在这时,飞来一颗炮弹在附近爆炸,聂士成腹部受伤,肠子流了出来,但他早把生死置之度外,继续指挥战斗,后来头部、胸部接连中弹,流尽最后一滴血。

聂士成殉职后,营官王怀庆将聂的血衣送往京师,得到清政府的封赏,谥"忠节"。其尸体由哨官张林背回,埋葬于合肥原籍。几年后,袁世凯为聂士成修建了聂公祠。天津绅民在其殉国地点——八里台,建立了"聂忠节公殉难处"纪念碑,并筑亭以覆之。碑亭两旁即刻有袁世凯书写的这副长联。

20世纪初的直隶总督衙署后花园

　　受知早岁,代将中年,一生低首拜汾阳,敢诩临淮壁垒;

　　世变方殷,斯人不作,万古大名配诸葛,长留丞相祠堂。

　　这是袁世凯为天津李鸿章祠书写的楹联。李鸿章身居"相国"高位,是清代所有汉族文武官员中,官位最高、权势最大、中国近代史上赫赫有名的人物。他从1870年任直隶总督兼北洋大臣,到1895年卸任,统管天津达25年之久。特别是他晚年创办洋务,所开设的工厂、修筑的铁路,也大都集中在天津,这就更与天津结下了不解之缘。由于李鸿章在清末政治、经济中的显要地位,他1901年死后,清廷赐恤优加,先后在其家乡和京、津、沪、宁、苏、浙、冀、鲁、豫等任职之处,为他修建了10座祠堂。

　　袁世凯早年得李鸿章赏识,1901年至1907年袁任直隶总督兼北洋大臣,极力推行"新政",也是对李当年"洋务"的继承和发展。为了表达他对李的知遇之恩,袁对在天津建造李公祠格外留心,整

李公祠旧貌

个工程全都由他主持。其建筑完全仿照李的家乡安徽的建筑风格，于 1905 年建成。祠堂共占地约两万平方米，规模宏大，装饰华美，整体性强，又富于变化，堪为古建筑中的佼佼者。袁世凯特在幕僚的帮助下，精心撰写这幅长联。此联全面概括了李鸿章的一生，高度评价了李的功绩，气势恢弘，可称力作。

严复 二副

严复(1854—1921),近代资产阶级改良主义者、翻译家。初名体乾,改名宗光,字又陵,又字几道,福建侯官(今福州)人。同治五年(1866)冬,考入福州船政学堂学习海军。1877年被派送英国学习海军,研读了达尔文、亚当·斯密、卢梭、孟德斯鸠、边沁、赫胥黎等人的著作。1879年毕业回国,任福州船政学堂总教习,次年调任天津北洋水师学堂总教习。中日甲午战争后,发表了《论世变之亟》《原强》《救亡决论》等论文,反对保守,提倡新学,并着手翻译赫胥黎的《天演论》、亚当·斯密的《原富》、斯宾塞的《群学肄言》等。所译《天演论》宣传了"物竞天择,适者生存"的进化思想,唤起国人救亡图存,在中国思想界影响很大。在天津翻译《原富》《群学肄言》《群己权界论》《社会通诠》《明学浅说》等书,系统地介绍了西方文化,并首次提出"信、达、雅"的翻译原则。译著有《侯官严氏丛刻》《严译名著丛刊》。

遵大路分，自东自西，自南自北，为之范我驰驱，今天下车同轨；

登斯堂也，如切如磋，如琢如磨，尔尚一乃心力，有志者事竟成。

严复是中国近代著名学者和启蒙思想家，被誉为"寻找救国救民真理的先进中国人"。他的一生，跨越了从太平天国革命到中国共产党成立近 70 年的时间，亲历了自洋务运动到"五四"运动间的许多重要历史事件。其生平著述，可以说

严复行书四条屏

是大半部近代中国历史的一个缩影。此为严复题武昌铁路学校联。上联重在讲铁路和交通，下联重在讲学校和学习，作意巧，而观念新。张伯驹先生将此联收入其《素月楼联语》中，列入"集句 嵌字 歇后"部分。

奉魁承杓，垂后不朽；

钧河摘洛，为学者宗。

此联应王荷舫嘱求而写，上联题"荷舫贤世讲雅属"，下联署

"侯官严复"款，钤"严复"和"尺盦长寿"两方白文印。王荷舫（1879—1950），名振纲，天津人。直隶高等工业学堂毕业。清光绪二十九年（1903）天津"官立中学堂"（后称铃铛阁中学）成立后，曾在该学堂任教多年，后经其族叔、开滦矿务局协理王劭廉援引，到开滦煤矿当统计员，不久升任银钱账房主任，后曾任英国工部局的董事。此联的意思是：教师的事业，像恭敬捧托着的北斗星在闪亮，流传千古而不朽；教师的学识如黄河、洛水丰沛的水源，可为学者的宗师。古代有"河图洛书"之典，指天书或祥瑞。

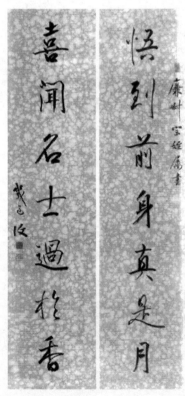

严复书七言联

严复一生的探索与追求，深印着在天津的烙印。他于1880年来津，开始了在北洋水师学堂20年执教生涯。他初任英语教师，后任总教习（即教务长），再升任总办（即校长）。居津20年，是严复人生最华彩的时期。他翻译《天演论》，以"物竞天择，适者生存"的观点，号召人们勇敢面对甲午战争带来的民族危机，救亡图存，"与天争胜"，这成为那个时代的最强音。他创办《国闻报》，充当宣传维新变法的重要阵地。戊戌变法后，他翻译《法意》《原富》等著作，传播西方政治经济思想。严复曾在一首诗中说："鼷饮津沽水，燕居二十春。"表达了他对于沽上三津的深厚感情。严复在津的活动与著述,紧贴时代脉搏,影响大江南北,成为著名的启蒙思想家、社会改革家和翻译家。而严复写给王荷舫的对联又说明了严复与天津人的交往情况,证明了他与天津作为近代西学东渐前沿的深厚渊源。

王塏 一副

王塏(1858—1934),字爵生、觉生,号杏坊、寄坊、望石山樵。莱阳人。光绪翰林,官礼部侍郎。工书,为曹鸿勋入室弟子。

晶瓶香滴黄金露;
粉屉膏涂白玉霜。

老茂生糖果庄是天津的老商号,坐落在估衣街与锅店街的交汇处。老茂生自采原料、自产自销,酒心糖为其绝活儿,曾行销海外。王塏为老茂生所撰此联,上联写酒心糖,以金黄色醇酒相喻,下联写一种与高粱饴类似的软糖,因其表面沾有霜粉,就像佳人涂白玉霜香粉一样,令人倾心。

王塏居北京,其书匾额甚多,故时有"无匾不是塏,无腔不学谭"之说。旧时天津,除了有王塏为老茂生撰写的这一联语外,北大关信和斋酱园、估衣街谦祥益绸缎庄的匾额亦为王塏所书。

王埒书法四条屏

如飛電来隐若白虹起初驚
河漢蓄丰洒雲天裏仰觀勢
轉雄壯我造化功海風吹不斷
江月照還空〻中亂射左右
西登香鑪峰南見瀑布水
桂流三百丈噴壑數千里欻
洗青壁飛珠散輕霞流沫沸
穹石
王埒印

王埒书七言联

欲將文字寫物象
疑是神仙樓塵談

王埒书七言联

杜陵評書貴瘦硬
坡翁柱枝其神通
左王埒印

萨镇冰 一副

萨镇冰(1859—1952),字鼎铭,福建福州人。7 岁读经子书。11 岁考入马尾船政学堂,习驾驶,后赴英国留学。1882 年调任天津水师学堂教习。曾参加甲午海战。先后任广东水师提督、筹办海军大臣、海军提督、海军部副督统等。民国初年任闽粤巡阅使、海军部总长、代国务总理等。1949 年 9 月被邀为全国政协代表,当选为全国政协委员。中华人民共和国成立后,任中央人民革命军事委员会委员、华侨事务委员会委员和福建省人民委员会委员。

> 现任省长岁表弟;
> 古今星相假名家。

萨镇冰有位表弟叫沈正和, 平时好吃懒做,靠测字算命过日子,生意十分清淡。他听到表兄萨镇冰当了省长,心中暗喜,便在省府公署大门斜对面开了一间小小的算命占卜店。为了吸引顾客,他

萨镇冰曾任教习的天津水师学堂

别出心裁地写了一副对联,上联是"现任省长表弟",下联是"古今星相名家",横批"包汝显贵"。从此,这小小算命店天天门庭若市。但是,许多人看相占卜是假,想找门路谋个一官半职是真。沈正和大发了几天洋财。萨镇冰知道此事后十分愤怒,也写了副对联,叫人贴到算命店原对联旁边。上联是"现任省长劣表弟",下联是"古今星相假名家",横批"谨防受骗"。此联一贴出,又引来成千的人观看。沈正和吓坏了,只好关门。后来萨镇冰把他训斥了一番,并资助他去学门手艺,以维持生计。

严修 五副

　　严修(1860—1929),字范孙,号梦扶。近代著名教育家和学者,推进教育现代化的先驱人物。祖籍浙江慈溪,世居天津。1882年中举人,1883年中进士,入翰林院任职,先后任翰林院编修、国史馆协修、会典馆详校官、贵州学政、学部侍郎等,掌管全国教育,清末以奏请光绪帝开设"经济特科"改革科举制度著称。1904年到1928年,与张伯苓共同创建了独具特色的南开系列学校,晚年倡组城南诗社、崇化学会,著述存稿有诗文、日记、函札等多种。书法为当时"津门四大书家"之一。

　　　　　　　门临四棵树;
　　　　　　　家向七里滩。

　　此联属于宅第联。严修系东汉隐贤严光的后代。严修在19世纪末,因主张维新,处境险恶,回归故里。他的故居位于西北角文昌宫西，前门在严翰林胡同，后门在贞女大街，斜对窝瓜园胡同，东临小石道，西边隔粉坊胡同为东、西四棵树胡同。于是门前写了此联。横批"故园瓜好"。此联表明他人生道路的一次转折，决心效法他的远祖严子陵的节操，谢绝仕途，桑梓典学，一路披荆斩棘，终于在 20 世纪初创办了南开学校，并实施一系列新型教育模式。作为中国近代教育的开拓者，他的学识、诗文、书法、道德以及献身精神为

严修

人们景仰，周恩来称严修为"封建社会的好人"。

一般哈哈腔，也装男也装女，自己行头说唱就唱；
四天娘娘庙，又烧香又还愿，那里演戏爱听不听。

此联曾悬挂于东门外天后宫戏楼的楹柱，是为严修 1920 年贺南开学校学生演新戏有感而作。"装男装女""自己行头说唱就唱"，写当年"文明戏"的舞台现象颇为传神。因而转赠天后宫戏楼。此联亦可见严修先生推重新学之思想。先生身为翰林，生于三河县，能以天津土话入联，是有独特见识的。

是谁能知真味；
到此莫忘素餐。

　　这是为天津老字号真素园撰写的一副嵌字对联。真素园坐落在大胡同北头，其素菜品种多、味道佳，堪与宫北石头门槛的素园老店媲美。严修先生不仅将"真""素"二字嵌入联中，且以"素"字喻"尸位素餐"之典故，阐发了深刻道理。《诗经》中有"彼君子兮，不素餐兮"。无功而食禄，谓之素餐。

> 振古如兹，举世谁无老病死；
>
> 惟君何憾，可传犹有画书诗 。

　　冯俊甫，本名冯学彦，字俊甫，河北涿州人，居于津。仕于畿辅，有政声。工诗善画。清光绪十一年（1885）举人，城南诗社社友。他的诗作清雅畅然，名重一时，与津之名流严修等时相酬唱。他的指

真素楼

画，爪痕墨晕，浑然大气，甚为奇崛。《增广历代画史汇传补编》说他"花卉宗南田"，"尤精指画"。陆辛农《天津书画家小记》说："冯学彦，字俊甫。涿州人，家于津，善花卉。"据称民国书家李钟豫就向冯学过书画。李是江苏扬州人，居于天津。曾官部曹，又曾为梨园界编京剧。工书法，行笔流畅，意足神完。京城商号市招多出其手。这也得益于冯俊甫的指授。民国年间发行的《湖社月刊》即刊有冯俊甫的指画作品，

严修书七言联　　　　　　严修书法

可见当时画界对冯的推重。冯俊甫于 1923 年旧历三月离世，此为严修为冯氏所作挽联，词以情胜，自然凄咽，真切勾画出冯的才气和生平，洵非斫轮老手莫办。

马高镫短；

人去楼空。

1929 年，严修先生身患重病。先生逝世前数月，曾与友人小饮于大胡同真素楼。据称为学者张君所办,在座的有马君,也从事教育工作,还有严修先生的旧友邓君等。马君身材魁梧,邓君则矮短。马君戏曰:"吾二人可称'马高镫(邓)短',诸公有以对之乎?"座中或有以"牛鬼蛇神"为对者,先生则嫌其不工,亦遂置之。直到夜阑席散,相与起立欲归时,严修先生忽然说道:"吾辈可谓'人去楼空'矣,以此为对如何?"诸人无不抚掌称善。不过数月先生即归道山,有人疑为谶语,其实这也不过是一种巧合。

曹锟 一副

曹锟(1862—1938),字仲珊,天津西大沽人。家以造木船为业,青年时曾做售布小贩。1882 年投新建陆军当兵,后被选天津武备学堂深造。在军阀混战中,曾攀附袁世凯,由师长而升任长江上游警备司令,被封虎威将军一等伯爵,又由直隶督军兼直隶省长升任两湖宣抚使以及川粤湘赣四省经略使、直隶督军兼直鲁豫三省巡阅使等。1923 年通过贿选登上大总统宝座。北伐后,一直隐居天津。

> 石是米颠袖里出;
> 诗从摩诘画中来。

曹锟跌为平民后,许多穷邻居找上门来,和他交朋友。每逢夏天夜晚,曹锟的院子里常聚集着许多卖大碗茶的、拉洋车的、卖菜的小摊贩。曹锟和他们一样光着膀子摇把大蒲扇,坐在小板凳上喝茶聊天。曹锟喜好书画,亦喜对联。下野后每天在画室练字画画,常作梅花、山石、鸟兽,最爱写"一笔虎""一笔龙",也撰写了不少楹联。此联贴切地表达了他当时的心境。

"石是米颠袖里出",道出了北宋书画家米芾的一个有趣的故事:米芾受命就任无为军知军,初入官署,便见署衙庭院中立一块大石,"状奇丑",米芾深为它奇特的造型所震撼,立即命人取过官袍、官笏,设席整冠下拜道:"吾欲见石兄二十年矣!"他的上司杨杰听说他在署衙嗜石成癖,深恐他弄石废事,就去正言相劝。米芾见上司来,便从左袖中取出一石,对上司说:"如此石,安得不爱?"岂料杨杰看都不看,米芾只得纳回袖中,又取出一石,乃"叠嶂层峦,奇巧更胜"。杨杰仍不顾。米芾无奈,悻悻然又摸出一石,那是"尽天画神镂之巧"的神品。他好似受了委屈般道:"如此石,安得不爱?"杨杰此时像是忽然被惊醒一般,大叫一声:"非独公爱,我亦爱也!"顺势从米芾手中将石攫得,头也不回,登车而去。

"诗从摩诘画中来",说的是唐初画家、诗人王维的事。摩诘即王维,其诗常通过形象的画面来开拓诗境,故有"诗中有画"和"画中有诗"之说。此联表现了曹锟退隐后那"山中习静""松下清斋"的闲情逸致,也说出了他对诗画创作的见地。

就在曹锟书联作画的退隐之际,1937年发生了卢沟桥事变,当时日本人千方百计拉曹锟当傀儡。曹锟发誓宁肯喝稀粥,也不会给日本人办事。伪华北治安军总司令、伪河北省省长前来当说客,都被曹锟夫妇轰走。1938年5月17日,曹锟在天津病故,终年76岁。日本方面送来不少抚恤金,被曹锟夫人拒绝。6月14日,国民政府发布褒扬令,追赠曹锟为陆军一级上将。

曹家花园内的曹锟书房

曹锟书写的龙　　　　曹锟书五言联

华世奎 三副

　　华世奎(1863—1942)，字启臣，号璧臣、思闇。华家为天津"八大家"之一。华世奎为光绪年举人，曾任清内阁阁丞。后以省亲为名弃官，隐居天津，以清朝遗老自居，以诗文、书法自娱。华世奎对天津的文化事业十分关心，与严修组建崇化学会并主其事，还长期做文庙主持。书法以楷书最精，居近代天津四大书法家(华世奎、孟广慧、严修、赵元礼)之首。著有《思闇诗集》，出版有《津门华世奎孝经帖》等。

　　　　真甘腴见真德性；
　　　　素晨夕有素心人。

　　这是华世奎为天津老字号真素园撰写的一副嵌字联。嵌字联乃是将所限定的几个字，分别嵌在一副对联里。它要求上下联内容一致，所嵌的字和所表达的意思融化无痕，如果不说出所嵌的字，

华世奎 　　　　　　华世奎诗集《思闇诗集》

往往不容易看出。这是一副双嵌字联。

上联言真素园菜肴好，商德高，下联则称食客应为清心寡欲之
人。嵌字流畅自然，毫无雕琢痕迹，堪称上选。

> 不如素饮酒；
>
> 可以赋新诗。

此乃华世奎为登瀛楼饭庄题联。登瀛楼饭庄以山东菜著称。据
称华世奎喜山东菜，为登瀛楼常客。此联直白真切，雅俗共赏。

> 子孙贤，族乃大；
>
> 夫妇合，家之肥。

这是华世奎为天津闻人金恩科写的婚联。此联并无百年偕老、琴瑟和谐、鸾凤和鸣之类一般婚联常见的字句,然却在文雅和幽默中表达了美好的祝福。首先六字联含有"六六大顺"之意,从字面上一看就知道是说子孝孙贤必然使家族越来越兴旺壮大。其下联是说夫妇和谐使家庭丰润富裕。这"肥"用得格外巧妙,此乃"俗字雅用"。"肥"在古代多少带些俗气。然而宋代女词人李清照在词中用了"绿肥红瘦","肥"字陡然变雅。苏轼、陆游的诗词里也用过这个"肥"字。华世奎借用了这些诗词的理念,用了一个大家并不常用的

华世奎书八言联

华世奎书八言联

"肥",使喜联顿时生辉。

更具妙趣的是,新郎娶的是翰林刘嘉琛的女儿刘力青,而刘力青是天足,这在当时是非常显眼的。另外,据说新郎新娘都比较胖,那时胖人往往被认为是"福相"。恰恰这两个特征被华世奎抓住。"子孙贤,族乃大"一语双关。足也,族也。隐寓之意是指新娘是大脚,善意诙谐的玩笑;"夫妇合,家之肥"明指是二人丰腴肥胖,夫妻二人合起来,胖上加胖一定是飞"肥",这在当年胖子"稀缺"时自然是一种褒扬,用这个"肥"字更显现出联语的风趣。

冯恕 一副

冯恕(1867—1948),字公度,号华农。原籍绍兴,寄居大兴。徐世昌幕僚,历任海军部参事、军枢司司长、电灯公司经理、海军协都统。收藏文物甚多,编有《冯氏金文研谱》,又主持刻成私家刻石《蕴真堂石刻》。

<blockquote>
真根堪细嚼;
肉食鄙无谋。
</blockquote>

冯恕工书,擅长写刘文清公(刘墉)字体。时北京商号匾额,多其手书。有"无匾不恕"之说。如大栅栏"张一元茶庄"和西四"同和居饭庄"等。冯恕曾居津与天津关系密切。天津亦有其所写匾额。如河北大街"庆隆茶庄"匾即出其手。他为真素园所书对联为"真根堪细嚼;肉食鄙无谋"。上联指真素园菜品回味无穷,下联巧借《左传》中曹刿论战的典故中"肉食者鄙,未能远谋"一句。《左传》此句指肉

食者即达官贵人,粗俗且无计谋。巧用此典倡赞素食的好处和真素
园菜品的特色。

冯恕书法团扇

冯恕书法

冯恕行书七言联

王守恂 一副

王守恂(1865—1936),字仁安,又字讱庵,晚署拙老人,天津人。清光绪二十四年(1898)进士。问业于范当世。清末民初,历任吏部主事,巡警部警政司员外郎、郎中,民政部管政司郎中,警政司总办兼掌印参政上行走,河南巡警道道台,浙江钱塘道尹等。近代天津知名学者和诗人。晚年与严修等人组织城南诗社和崇化学会。有《王仁安集》《天津政俗沿革记》等行世。

> 心自源清,要自源头冷起;
> 身如峰立,须从天外飞来。

旧时杭州灵隐寺飞来峰下的冷泉亭有一联:"泉自几时冷起?峰从何处飞来?"意在向前来观光者发问:冷泉和飞来峰的出处在哪里?因应对较难,许多文人墨客皆搔首摇头而去。曲振明先生著文,提到晚清经学大师俞樾曾携夫人到此,在夫人怂恿下,俞樾作对："泉自有时冷起；峰从无处飞来。"夫人不甚满意，自己对曰："泉自冷时冷起；峰从飞处飞来。"俞樾又不甚满意。过了数日，次女绣孙回娘家，俞樾请她作答。绣孙作对："泉自禹时冷起；峰从项处飞来。"俞樾对"项"字不解，锈孙答："不是项羽将此山拔起，安得飞来。"俞樾听后忍俊不禁。左宗棠任浙江巡抚时，也曾对曰："在山本清，泉自源头冷起；人世皆幻，峰从天外飞来。"众人颇为称道，遂被

王守恂行书七言联

王守恂行书

悬在冷泉亭。民国初年,王守恂任钱塘道尹,到冷泉亭,认为左的联语于身心颇有关系,不徒自负之语,亦可垂示后人,但仍有缺憾。他思考片刻,略加修改,曰:"心自源清,要自源头冷起;身如峰立,须从天外飞来。"此联嵌入"身心"二字,比左宗棠的联更为工整,更具哲理。

周学熙 二副

周学熙(1865—1947)字辑之,别号止庵。安徽至德人。其父周馥曾任两广、两江总督。清光绪二十年(1894)中顺天乡试举人。光绪二十六年(1900)入直隶总督袁世凯幕下,受派主持北洋实业。任北洋银元局总办期间建造币厂,光绪三十三年(1907)任长芦盐运使、直隶按察使,并在工艺总局任职。创办商品陈列所、种植园、铁工厂、高等工业学堂、教育用品制造所等。1912至1915年,任财务总长、税务处督办等职。后辞官专经实业,创办耀华玻璃公司,华新纺织公司及天津中国实业银行等,成为华北著名实业家。

蓄道德,能文章,并世孰如公,奚祇视晨星之可数;
共功名,同甘苦,平生独知己,得无见落月而生悲。

王锡彤(1866—1938),字筱汀,号海斋,晚年自题其舍"抑斋",

因自称抑斋老人。河南汲县人。以博学多才，侍母孝闻于乡里，遂以一介寒士受知于袁世凯。因过从甚密，又为袁投资各大实业的代表人，外人目为袁之谋士、账房。但终其一生于实业，迄未步入仕途。在北洋实业集团中，其才干、声望被公认为仅次于周学熙。1938年，王锡彤病逝天津，周学熙亲临吊唁，撰此联挽之。

周和王是多年精诚合作的挚友。周学熙创办实业必先有调查，继作计划，执行时严格按规章制度办事，在当时已具有一定声望。王锡彤入各大公司任职，在工作中能配合默契，在行动上能协调一致，两人都具有实业救国思想，志同道合，相得益彰。自1910年起，王锡彤先后任北京自来水公司协理、启新洋灰公司协理、华新纺织总公司协理及所属津厂、唐厂、卫厂董事、专董等职。1924年3月，周学熙"以年近六十，精力就衰，时事又多变幻，殊非老朽所能周旋"，辞去各大公司职务。王锡彤因老友情深，也有同感，表示与周共进退，同时辞去北京自来水公司及启新洋灰公司协理职务。

周为王撰写的这副挽联情真意挚，涉及史实。王当时与袁父子过从甚密，步入仕途，只是一步之劳，而王毕其一生，只是从事实业，从未任过官职。周在上联中"并世孰如公"，即赞誉王一生不求闻达之品德。周在下联中"共功名，同甘苦"系指周、王在各实业中合作共事二十余年，同于1924年引退辞去所任公司职务；而"平生独知己"则系指周、王均不顾袁之知遇之

周学熙

恩,不惧袁采取报复手段,坚持反对袁氏称帝而言(王在口头上劝袁放弃称帝无效后,即托病去津,不再来京;周在密上书力劝袁放弃称帝,无答复,又引病辞职,不准,被"软禁"在濠濮涧"养病")。过去境遇相同、而今遭遇相同。可谓无二,岂仅"知己",此即"独"字由来。

> 平生万事低摧,尘海已消前业净;
>
> 今日一心归去,太空不碍白云飞。

1947年,周学熙83岁,这是他预作之自挽联,表现出他"今看雪上鸿泥迹,历历崎岖在梦中"的心境。

1924年3月,年近六旬的周学熙毅然将滦州矿物公司专董、启新洋灰公司经理、中国实业银行总理职务辞去,退隐津门。为了子孙不堕家产,不受世风恶习影响,拟筹集资金,自办中小学,力又不足。遂于1926年在天津周氏宗祠西侧园林所建的藏书楼的一楼成立师古堂,设立师古堂文课等,"使本支子弟,籍文字为观摩,所以增学问而振学风",进"可以淑世",退"可以淑身"。他曾将历年文课中选编《师古堂课选》四卷,分发原参加文课诸人留念。

1934年,周学熙进入古稀之年,精力日衰,他做了一件一般人不想做或不敢做的事——自撰墓志铭,并嘱长子明泰隶书刻石以待终藏。墓志全文五百余字。首述其个人简历,次述定擘画民初财政,"规划经年,库有余帑,思以富国裕民,然阻于异议,遂乞退","因慕范文正为人,尝以裨益民生为己任。生平举办洋灰、煤矿、纺织各公司悉本斯旨。六十岁后一切卸去不问"。续述继承先志,"多为敬宗收族,衿恤孤寒之举,心有余而力不足,兢兢以不能垂久为

周学熙创建的直隶工艺总局

虑。又惧世泽之或替,裒辑先人遗稿,约选古圣贤经籍,刊为家塾课本。其年愈老其忧愈深,盖明知生为过客,而不忍坐视传舍之将倾也"。最后略记周氏生卒年月及妻子状况,以"以居士性拙,无他长,惟持躬涉世,一矢以诚,生不作欺人之语,死不受谀墓之文,故自为此志,以记实云"。文末,铭曰"忧患如山兮,其甘如饴。与世落落兮,惟天不欺。生无所恋兮,死亦何悲?今而后还太虚兮,浩浩乎与天地无穷期!"这43个字铭文更充分表达出周氏的"持躬涉世,一矢以诚"的坦荡豁达心情。他的自挽联意境与13年前的铭文意境则是完全一致的。

段祺瑞 一副

段祺瑞(1865—1936),字芝泉,安徽合肥人。自幼随任淮军统领的祖父段佩来天津读书,1885年考入天津武备学堂炮兵科。1889年由李鸿章派赴德国学军事,在克虏伯炮厂实习。1896年到天津小站新建陆军任炮兵统带兼随营学堂教习。1906年后督理北洋武备各学堂并任统制、提督、军统等职。1912年袁世凯任大总统后,历任陆军总长、国务总理,掌握北洋军政大权。1917年发生府院之争,被总统黎元洪免职,出都来津,发表通电,煽动倒黎,并与群集天津的皖系军人和北上过津的张勋,进行密谋活动。及张勋复辟丑剧登场,又于马厂誓师,自任讨逆军总司令,进军北京,重掌政权,自为国务总理兼陆军总长。1920年直皖战争,皖系军阀垮台,逃居天津日租界,暗中勾结张作霖,图谋再起。1924年直奉战争中冯玉祥回师北京,推翻直系统治,段出任执政,反对孙中山的主张。1926年日军炮轰大沽口,3月18日北京各界人民集会请愿,抗议日本暴行,指使卫队打死打伤群众百余人,制造了"八一三"惨案。4

月被国民军赶下台,逃往天津租界做寓公自号正道居士。1933 年移居上海。1935 年被委为国民政府委员,未就职,次年病逝。

> 共和告成,溯厥本源,首功自来推人世;
> 革命而往,无间终始,大年不假问苍天。

　　孙中山应段祺瑞的邀请,北上共商国事,死于北京,这是段祺瑞挽孙中山联。其下联乃赞扬孙中山先生对革命的坚毅。成语本是"无间始终",此处为了合乎平仄的关系,将"始终"对调;并惋惜孙先生未能长寿,"大年"典出《庄子·逍遥游》:"小知不及大知,小年不及大年"。此乃老生常谈,并无什么"特别"之处,但上联内容就"藏有文章"。"文章"是在"再造共和"这个题目上做的。

　　民国五年(1916),袁世凯帝制失败,气死新华宫。黎元洪继任总统,段祺瑞任国务总理,实权操于段手。第二年 5 月,黎元洪得张勋支持,免去段祺瑞国务总理职位,但段通电否认此令有效,仍以国务总理自居。同年 7 月 1 日,张勋拥溥仪复辟,7 月 4 日,段祺瑞以讨逆军总司令名义,在天津南面的马厂誓师讨伐张勋,战事从 7 月 7 日开始,到 7 月 12 日结束,前后不过六天。段祺瑞获胜,重握政权,自诩对民国有"再造共和"之功,故他的上联强调"共和"二字,含有:创立共和"首功"是孙中山,但我也有"再造"之功,不是第一,也是第二的意思在内。

刘大同 一副

刘大同(1865—1952),字桐阶,号芝叟。山东诸城人。民主革命先贤。响应武昌起义,从事反封建斗争。后奔走于天津、上海、大连等地从事革命活动。1931 年,携家人定居天津法租界义庆里,潜心书画,收集文物,著诗为文。1952 年迁居济南。

> 褒杨无敌靖边主义;
> 补戚武庄纪效新书。

1933 年 1 月,中国军队四十一军在赤峰阻击日军,浴血苦战,与敌寇相持七昼夜,歼敌四五百人。刘大同十分关注这场战役,特撰写此联赠予抗战将士。联中"杨"指杨继业,"戚"指戚继光。"靖边主义"是说杨家将平定战乱,维护平安。《纪效新书》是戚继光指挥戚家军抗击倭寇的一部军事著作。此联将赤峰这场抗击日本侵略军的战役同民族英雄戚继光、杨继业的光荣事迹相比。刘在此联题

刘大同著《古玉辨》

跋中言："癸酉春,赤峰一役,四十一军血战数月而名驰中外。复与十九路军和二十九军齐名,令人钦佩。余自去秋患腰症,至今半年有余,尚未痊愈。是以未能前往,同仇敌忾,每一念此,引以为憾。今病渐可复原,犹愿亲赴战场,详记战绩,以作抗倭历史。"

1938 年,天津被日寇占领不久,日本派遣军曾派员到刘家劝其出山,遭到刘大同的当面呵斥:"吾为民国人,决不能为贵国天皇支配。"并撰诗一首:"独向孤山把酒樽,冰肌玉肤见香魂。任他风雪十分苦,不受东皇半点恩。"对方恼羞成怒,于同年派人刺杀刘大同,幸而未死。

赵元礼 一副

赵元礼(1868—1939),字体仁、幼梅,号藏斋。1900年出任天津育婴堂负责人。1902年任工艺学堂庶务长。不久赴日本考察实业,其后又遍游江南各地考察纱厂。1909年被任命为滦州矿地公司经理。中国红十字会天津第一任会长,济良所董事,崇化学会董事。晚年与严修、林墨青等组织城南诗社。与华世奎、孟广慧、严修并称"津门四大书家"。

铁真顽铁,匏亦苦匏,夫子自道也;
善书戒书,喜饮戒饮,哲人其萎乎。

魏戫(1870—1937),原名龙常,字纫之。后改名戫,改字铁珊,并以字行。天津人称他"魏铁珊"。原籍浙江山阴而生于广西桂林,长期生活在天津。光绪乙酉(1885)举人。一度受两广总督谭钟霖(谭延闿之父)延聘参文案。后因意见相左,拂袖竟去。他少时便好

穿着官服的赵元礼

魏铖金文

使枪弄棒,后从岑春萱习武术。岑居高官而暴戾嗜杀,魏知而恶之,学成便离去。在天津,魏铖见外国水兵七八人合打一码头工人致死,一时气愤填膺,挥拳猛击,亦致其中一死地。洋人欲持枪相胁,魏铖泅水而遁。魏铖工书,初学《张猛龙》,进而专研秦篆、周籀,风骨遒劲。尤以北魏体著称海内。有人说,他的书法是多种心态糅成的"复合体"。魏铖平生志节高亢。张作霖慕其书,曾出润资千元委托叶恭绰转请他录其"家庙碑"和"戒子孙文"。魏薄其张,坚决拒之。这使叶很为难。几经周折,总算碍于老友情谊,抄录其文而不署自己名字。袁世凯曾两次高薪高位延聘,均被魏拒绝。其技击、音乐、戏曲,无不

赵元礼书七言联

赵元礼书七言联

精通。极负盛名的梅兰芳、程砚秋、余叔岩、俞振飞都向他事以师礼。1937年农历九月十五日,魏铖病逝于天津。赵元礼作此挽联,淡淡着墨,词意浑成,知名手之笔,固不在金刚怒目也。

王吟笙 四副

王吟笙(1870—1960),名新铭,天津人。清光绪丁酉(1897)科举人,1907 年在天津市东马路创办民立第四女子小学堂,为继严氏女学之后的天津早期开办的女学之一。1926 年又经扩充,改为完全小学校。自建校起担任校长二十余年,1929 年调天津市教育局任职。能诗,善联语,作有《啸园楹联录》十卷问世。工书,擘窠字甚见功力,当时天津许多学校的匾额皆出其手笔。喜篆刻,辑有《理石山房印谱》。擅画山水,粗毫皴点,不拘成格,而磅礴之气甚足。中华人民共和国成立后,曾任天津市文史馆馆员。

> 高贵神仙从心所欲;
> 文章道德自古为稀。

李子香,天津八大家之一,颇有资财,且为官有地位,时称"李善人"。其家在天津东门里冰窖胡同。民间有"黑油漆,亮大门,冰窖胡同李善人"一说,亦可见其家之富有。李子香善诗作文,为城南诗社成员,也是个文人。其宅第联有:"阆苑醉写清平乐,秘殿狂草吓蛮书。"

"高贵神仙从心所欲,文章道德自古为稀",是李子香70岁生日时,王吟笙应约属对,对李子香财、德、寿、文大加褒奖,所言极为贴切而富有风趣。

> 书著千秋,清娱侍座;
> 才生五子,络秀宜家。

近代大翻译家、著名文人、画家林纾续配夫人做寿时,王吟笙以此联相赠。林纾(1852—1924),初名群玉,字琴南,号畏庐,闽县(今福州)人。光绪八年举人,官教谕。工诗、古文辞,以意译外国名家小说见称于世。复肆力于画。山水初灵秀似文徵明,继而浓厚如戴熙,偶涉石涛,故其浑厚

王吟笙书法

之中颇有淋漓之趣。林纾多年居于北平,并常往来于平津之间。王吟笙与其相交有年,深知林纾其人,其所作上联则称林纾著作等身,下联赞夫人贤惠多子,皆非泛泛之言。

> 辟崎岖险恶以为通衢,大功告成,全球惊叹;
> 愿西北东南同循轨道,有志未逮,行路咨嗟。

　　此为王吟笙挽著名铁路工程师詹天佑的一副长联。詹天佑（1861—1919），生于广东南海。1872 年以幼童赴美留学，为中国派第一批留学生之一。1881 年毕业于美国耶鲁大学。回国后，任中国铁路公司工程师，新易铁路、京张铁路总工程师。1903 年建成高碑店至西陵铁路，1909 年建成京张铁路，并发明火车自动挂钩。曾任中华工程师会会长，英国工程研究会会员。著有《京张工程纪略》。詹天佑在其修川汉铁路时而突然病故。王吟笙写的这幅楹联生动颂扬了詹天佑的历史功绩。

　　　　　旧藏快雪时晴帖；
　　　　　久擅登楼作赋才。

　　新铭先生喜读书，尤善诗词联语，且常集唐诗、泰山刻石、汉曹全碑、魏郑文公碑、金石文中字为联。尤以集六朝文百联为用力。此为其书斋啸园悬联，确切表达了作者所喜所好及其精神世界。新铭先生在他六十华诞时，曾以"干支冠首"，作了 60 副联语。1928 年他将所作楹联结集成《啸园楹联集》十卷。天津名宿华世奎在序中称赞他"为文纵横多奇气，不束缚于绳墨之句，其为联也如之"。吾师张牧石先生与新铭先生是忘年交。张先生回忆说："我与王先生交好是在 20 世纪 50 年代，但与他初识是我 9 岁时。那时我家住在天津旧河东粮店后街大狮子胡同，家父令我跟随近邻冯孝绰（名璞）先生读书。冯先生与王新铭是世交，常来常往，我得以在冯家初识王先生。"张先生提到，王先生喜欢诗词唱和，当年天津寇梦碧先生主持的"梦碧词社"刊印的期刊，曾多次发表他的词作，多豪放风格。记得在他晚年，宇宙飞船升空，恰逢先生中举一甲子，寇梦碧为

王吟笙行书八言联　　　　王吟笙绘山水

他填词祝贺，有句"昔年折桂客，真上广寒宫"。他读后"大怒"道：这么冷，他让我上那儿干嘛去！那年，牧石先生也为他刻了一方"重宴鹿鸣"以纪念他中举一甲子。

李金藻 四副

　　李金藻(1871—1948),字芹香(后改琴湘),号择庐。祖籍浙江余姚,生于天津。十八岁入县学,1900年后任乔氏蒙养学堂、民立第一小学及师范讲习所教员。1903年入日本弘文学院师范科,毕业后在直隶省学务处工作。1917年再度赴日考察,归国后在直隶社会教育处任职。1919年,奉派接管德华学校,改名为大菅门中学并任校长,1921年任江西教育厅长,1925年辞职回津。1929年任河北省教育厅主任秘书。1935年任河北省第一图书馆馆长、天津市教育局局长。1936年任河北省政府委员兼教育厅厅长。抗战时期一度赴河南郾城,为流亡学生筹立临时中学。晚年致力社会教育和戏曲改革等。著有《庐诗史稿》《重阳诗史》《诗缘》《择庐联稿》《五雀六燕集》等。

　　　　虞虢唇齿本相依,恨宫之奇不死;
　　　　男儿生命何足惜,效鲁仲连自由。

李金藻

李金藻《择庐联稿》

　　1905 年,通州人氏潘子寅因激愤于韩国沦亡在仁川投海自尽,并遗书指陈国事。消息传开,群情激动,李应严范孙之邀编撰了新剧《潘烈士投海》,同时为他写了四副挽联,此为其中之一副。从这一挽联来看,李金藻对潘子寅投海一事反应极其强烈。他像投海以警醒国人的潘子寅一样,满怀辅车相依,唇亡齿寒的深深忧虑,热情讴歌以死殉国的烈士,甚至对自己没有像潘那样去死感到惭愧,正是因为这些,李金藻感到一部话剧、一副挽联不足以表达自己的感情,于是手不停挥,接连写了四副挽潘子寅的联语。

　　生平历史不胜书,况谊属交亲,今竟万言艰一字;
　　老大学诗磋已晚,却时承奖进,我将投笔并焚琴。

　　这是挽严范孙之联。联中倾注了他无限的悲哀,足堪"泣血之作"。李志刚先生在《李金藻和他的楹联创作》一文中说:"严长于李11岁,是津城耆宿,德高望重的乡贤,李金藻志同道合的朋友兼师长,是严范孙推荐他赴日留学,推荐他做南开校董,是严范孙派遣他的儿子李福景和周恩来一起去西欧留学,并为李福景垫付学费四五千元。李金藻对严既敬佩又感激,所以当严去世时,他的悲情无法自抑,遂化作几十副挽联喷涌而出。"此联言说他们相交几十年,是朋友还是亲属,不时得到严老的奖掖和帮助,现在严老死了,内心有无尽的话要说,却感觉一字也难出口,知音不在了,哪还有心思作诗弹琴呢,恨不得"为知己死"。有人评价说:"李金藻的挽联特点比较突出,其一就是白话入联,而且写得文从字顺。"

　　　　玉局饭将午;
　　　　成芳酒不春。

　　此乃应玉成春茶店征联而作。上联有小注云:"东坡有饭前茶。"下联有小注云:"成芳,唐人,好酒。"句子轻巧自然,不饰雕琢。作者自称:"辛巳秋,章一老为玉成春征联,八言、七言、五言均可,惟两句首分嵌'玉''成'两字,下句末嵌'春'字。由徐芷生先生评定甲乙。余拟联颇多,择录数联,以志一时韵事云尔。"李氏共为茶店写嵌名联多达35副。这在今人看来实难为之,但在他眼里不过"雕虫小技"而已。近人姚彤章则说,择庐长兄"联语尤为脍炙人口"。

　　　　贤妻良母可作师资,拼将十载工夫,创成教女规模,死而何憾;
　　　　兴学育才岂惟男子,只叹一生勤苦,赢得满堂弟子,哭不成声。

这是李金藻先生挽安桐君联。安桐君是温世霖（天津教育史上的开先河人物）的夫人，是一位女教育家，曾任普育女学堂蒙养院院长，同时办妇女补习班，开天津女子职业教育之先河。有资料说，安桐君在其婆母徐氏去世后，创办育英女校，呕心沥血，打拼十年，又相夫教子，终因劳累过度而先于温世霖而逝。李金藻作为教育家，对投身教育的人情有独钟，尹树鹏先生评此挽联，称李金藻的"楹联已超出了应景之作而成为评判逝者的一幅肖像，也直白地表达了他对逝者的内心情感。"

李金藻行书七言联

方尔谦 四副

方尔谦(1871—1936),字地山,又字无隅,别署大方,江苏江都(今扬州)人。与弟泽山齐名文坛,世称"二方"。袁世凯当政时聘为西席,次子袁克文曾从其问业,为忘年交。暮年寄居天津。喜好收藏文物,尤以古钱为多。又喜征逐声歌。雅善辞令,擅制联语,造句精妙敏捷,为时人所推崇,允为圣手。尤以嵌名赠人联妥贴得体,令人叫绝叹服,又善制巧联。昔年巢章甫客居天津时,曾搜罗他所撰对联,汇集成册。

> 捐四品官,无地皮可刮;
> 赁三间屋,以天足自娱。

袁世凯曾延请方尔谦教其诸公子,并为方捐四品衔,但到洪宪时,他始终未在袁世凯政府任职。他在京城时,于城南赁屋三间,娶一妾,此妾未曾缠过足,于是便在室内悬此对联以自嘲。此联构思奇特,读来令人失笑。

方尔谦

> 面面相窥,佛也须有靠背;
>
> 高高在上,人到此要回头。

方尔谦八九岁时,随家人登镇江焦山,山顶上有四座佛像,背靠背面向四方,当即口占此联,即景生情,不但对仗工巧,而且富于哲理。

据周一良先生讲,他在童年时代临泰山刻石、汉碑篆额及钟鼎、甲骨文字,方尔谦赠他一联:"生小便能通乌篆,闲来每与说龟藏。"是长辈对后辈加以鼓励的口气,借用《龟藏》书名指甲骨文,与乌篆相对工整。

方尔谦撰联,均含深意。如挽何秋辇联云:"能进万里路,又通百国书,无怪诸公,必使班超成西域;凄凉玉门关,呜咽陇头水,早知今日,不如何逊在扬州。"绝非泛泛之语,方有"联圣"之誉,实为当之无愧。

> 两小无猜,一个古泉先下定;
>
> 万方多难,三杯淡酒便成婚。

这是方尔谦贺女儿结婚联,在贺联中别有一番情趣。民国初年,方尔谦将女儿方庆根嫁与袁克文之子袁家嘏。方是袁克文的老师,两家原是通家之好,小儿女们青梅竹马本已熟悉。方尔谦与袁克文两人均有收藏古币之癖,订婚时便以一枚古泉(币)为聘礼。当时正值军阀混战时期,结婚仪式亦极为简朴。全联均系纪实。上联开头"两小无猜",语出李白《长干行》;下联开头"万方多难",语出杜甫《登楼》诗。运用成句,叩合人与事,竟如此自然工切。

> 玉骢马,少年场,白眉世家,一代文章传季子;
>
> 金巨罗,合欢酒,黄花门第,三秋韵事斗玲珑。

这是方尔谦贺马文季、罗韵玲结婚联。马文季出身于文学世家,他父亲马其旭是桐城派末期著名作家、教育家。马文季是他的

方尔谦书七言联

方尔谦书五言联

季子(最小的儿子)。由于家学渊源,马文季也颇有才名。上联中"白眉世家",典出《三国志·马良传》。马良字季常,兄弟五人并有才名,马良才学尤为出众,因他眉有白毛,时人说:"马氏五常,白眉最良。"这里用以比喻马文季。罗韵玲家盛种菊花,且多名贵品种,故称之为"黄花门第"。"黄花门第"虽非典故,确是家庭实况,与"白眉世家"相对,颇为确切。特别是新郎新娘的姓名,在不知不觉间已被分嵌在上下联中,令人叫绝。上联"玉骢马"是骏马名,嵌新郎之姓,"文章"之文,"季子"之季,则嵌新郎之名。下联"金叵罗",是酒杯名,嵌新娘之姓,"韵事"之韵,"玲珑"之玲,则嵌新娘之名。嵌字联制作得如此浑成,确属难得。

梁启超 三副

梁启超(1873—1929)，字卓如，号任公，别号沧江，又号饮冰室主人，广东新会人。举人出身。从师康有为，人称"康梁"。"戊戌变法"失败后逃亡日本。曾出任袁世凯政府司法总长，旋又策动蔡锷组织护国军反袁。曾介绍过西方资产阶级社会诸学说，在当时有一定影响。后倡导文体改良的"诗界革命""小说界革命"。晚年一直生活在天津，在南开大学、清华大学讲学。著述丰富，有《饮冰室合集》。

四水江第一，四方南第二，先生居江南，谁是第一谁是第二；
三教儒在先，三才人在后，小子本儒人，何敢在先何敢在后。

张之洞任湖广总督，大办洋务，梁启超前往拜访。张之洞出一上联刁难梁启超："四水江第一，四方南第二，先生居江南，谁是第一谁是第二。"梁启超略一琢磨便意识到，张所称"四水"应是指长江、黄河、淮河、珠江，当然是长江为首；"四方"指的是东、南、西、北，南居第二。说我从"江南"来，论"江"当数第一，论"南"当数第二，其实这还只是字面的意思，骨子里却是在问：究竟是我张之洞第一，还是你这个维新派风云人物梁启超第一？

梁启超随之对出下联："三教儒在先，三才人在后，小子本儒人，何敢在先何敢在后。"这里所说的"三教"指的是儒、释、道，对读书求功名的书生来说，自然是儒教为先；"三才"指的是天、地、人，按传统理论，天、地为先，人为后。那么，梁自称"儒人"，当然是既不能在后，又不可在先，正好对答张上联说的"谁是第一谁是第二"。同时，骨子里还透露出这样一个意思：既然我们同是"儒人"，又何必再分什么第一、第二呢？

梁启超(右二)与泰戈尔(右三)在北海静心斋合影

梁启超晚年讲学以清华为主。他与王国维、赵元任、陈寅恪被誉为清华四导师（前排右一赵元任、右二梁启超、右三王国维、右四李济）

临流可奈清癯，第四桥边，呼棹过环碧；

此意平生飞动，海棠影下，吹笛到天明。

1924年9月13日，梁启超夫人李惠仙因患乳癌而卒，对梁启超的身心有极大刺激，他当即撰《悼启》一文，接着又有《苦痛中的小玩意儿》等文。

《苦痛中的小玩意儿》专讲他从诗词中集联之事，其对联语句基本出自五代与两宋词人，集联时间正是在其夫人"奄然化去"的那一年。该文称："我在病榻旁边这几个月拿什么消遣呢？我桌子和枕边摆着一部汲古阁的《宋六十家词》，一部王幼震刻的《四印斋词》，一部朱古微刻的《强邨丛书》，除却我的爱女之外，这些'词人'便是我唯一的伴侣。我在无聊的时候，把他们的好句子集句作对联闹着玩。久而久之，竟集成二三百副之多。"梁自称此举为"消遣"，是"闹着玩",其实他所奉献的的确如温暖的阳光,因为古人佳句经他妙手剪接后,新意迭出,生气流动,别有一番情趣。

在所有集联中,梁启超最为得意的便是这副赠徐志摩的对联。该联中,共集六位词人的佳句。"临流可奈清癯"出自吴梦窗《高阳台》,"第四桥边"出自姜白石《点绛唇》,"呼棹过环碧"出自陈西麓《秋霁》,此为上联;"此意平生飞动"出自辛稼轩《清平乐》,"海棠影下"出自洪平斋《眼儿媚》,"吹笛到天明"出自陈简斋《临江仙》,此为下联。全联不仅集句巧妙,难得的是以古人现成的句子,把徐志摩的性情及真实样子勾画得活龙活现。梁启超自己也认为"此联极能表现出志摩的性格,还带着记他的故事。他曾陪泰戈尔游西湖,别有会心;又尝在海棠花下做诗做个通宵"。徐志摩是他晚年最为得意的弟子,知徒当然莫若师。况且徐与梁的大儿子梁思成也有瓜葛。据称梁思成的夫人林徽因在与思成结婚之

梁启超故居

前,徐曾热烈地追求她,有人说徐志摩1931年由上海乘机北上,
与济南附近遇雾失事殒命,就是为了与林徽因见上一面,才偶遇
如此之悲哀与不幸的。

梁启超集句集　　　　　　　　梁启超书七言联

最有味，是无能，但醉来还醒，醒来还醉；

本不住，怎生去，笑归处如客，客处如归。

　　集联是摘取前人诗词文章中的词句集成的对联。集联要讲究语言浑成，另出新意。这是梁启超赠骞季常的集联，也是梁的用心之作，分别集自朱希真《江城子》、张海崖《水龙吟》、刘须溪《贺新郎》、柴仲山《齐天乐》。梁启超自称："此联若是季常的朋友看见，我想无论何人，都要拍案叫绝，说能把他的情绪全盘描出。"

　　梁的其他集联非专门针对某人而作，他录出后给亲朋好友选择，选定了便写送之。其中一副全集姜白石语，为刘崧生挑出："忽

梁启超楷书十五言龙门联　　梁启超书七言联　　梁启超书八言联

相思(《红梅引》),更添了几声啼鹧鸪(《琵琶仙》);屡回顾(《法曲献仙音》),最可惜一片江山(《八归》)。"林宰平挑的一副是:"酒酣鼻息如雷(刘后村《沁园春》),叠鼓清笳(周草窗《高阳台》),迤逦渡沙漠(姜白石《凄凉犯》);万里夕阳垂地(朱希见《相见欢》),落花飞絮(秦少游《如梦令》),随意绕天涯(赵令时《乌夜啼》)。"胡适也挑了一副:"蝴蝶儿,晚春时(张沁《蝴蝶儿》),又是一般闲暇(辛稼轩《丑奴儿近》);梧桐树,三更雨(温飞卿《更漏子》),不知多少秋声(张玉田《清平乐》)。"此联如小令,又明白如语,正是胡适一度尝试的风格,难怪他挑中此副。

吴佩孚 二副

吴佩孚(1874—1939),字子玉。山东蓬莱人。多年生活在天津。1898 年入聂士成武卫军当兵,旋入开平武备学堂。在军阀混战中,先后任旅长、师长、副司令、两湖巡阅使、讨逆军总司令等。1926 年和张作霖联合,进攻冯玉祥部国民军。同年 10 月,被北伐军打败。1927 年逃至四川。1928 年依川陕边防督办刘存厚。1932 年 1 月,回北平。1939 年 12 月 4 日卒。同年 12 月 4 日国民政府追赠为陆军一级上将。著有《争一道铨》《循份新书》《春秋正义》《易经新解》《蓬莱诗草》。

得意时清白乃心,不纳妾,不积金钱,饮酒赋诗,犹是书生本色;
失败后倔强到底,不出洋,不走租界,灌园怡性,真个解甲归田。

20 世纪 20 年代末 30 年代初,打了败仗的吴佩孚,结束了他在国内辗转流亡的生活,最终定居于北京什锦花园,主要靠其“世侄"张学良给予的"补助费"维持生计,为表明他的心迹而写下这副对联。

吴佩孚原本是一介书生,22 岁考中秀才,次年因得罪家乡的官吏、豪绅而被革除功名,以至被通缉。吴佩孚逃到北京,生活无着,只得靠占卜算命来糊口。1898 年,他在天津投军,从此披上戎装,后来竟拥兵数十万。可是吴佩孚这位"儒将"却缺乏儒家所宣扬的"仁"道,他为了实现个人野心,不惜"龙泉剑斩血汪洋",对其他军阀毫不手软,对芸芸众生的命运更不屑一顾。1921 年与湘军打仗时竟下令掘开簰州的长江大堤,致使许多无辜百姓葬身鱼腹。1923 年 2 月,京汉铁路工人为了争取自由、人权举行大罢工,他残酷地镇压,制造了著名的"二七大惨案",为自己的历史写下了最黑暗的一页。

他五十寿庆之时,正是权势鼎盛之日,各地的军政要人和文化名人、各国驻华使馆的武官云集洛阳,清废帝溥仪也派出"摄政王"前来祝贺。连曾名震朝野的维新派首领康有为也前来,献寿联云:"牧野鹰扬,百岁功勋才一半;洛阳虎视,八方风云会中州。"表现

吴佩孚草书

了这个"大帅"叱咤风云的气概,还吹捧他更壮观的未来。

但是这只"鹰""虎"的前景并不美妙。此人虽然精明、狠辣,然而因逆时代潮流而动,终于一败涂地。1926年8月,国民革命军大举北伐,他纠集主力扼守湖北咸宁的汀泗桥并上阵督战,亲手枪杀了几名后退的官兵,然而还是抵挡不住革命洪流。两个月后,北伐军攻克武昌,他大势已去,可又不像其他的军阀政客那样,腰缠万贯出洋"考察",或跑到租界去寻求外国人保护,而是在四川、河南等地四处游荡。

他虽没有像他联中写的那样,真正做到"灌园怡性",但他的确是"不出洋、不走租界"。这副对联或许正是他复杂人生的表达。1935年,日本侵略者为了分裂中国而搞"华北自治",请他上台当傀儡,他坚决拒绝。1938年6月,伪"华北临时政府"与伪南京"维新政府"合并,请他出来当官,他也不答应。第二年12月4日,他因吃羊肉饺子被骨屑伤了牙齿,日本特务芳太郎介绍一个日本医生

吴佩孚书七言联

为他治疗,他却得了败血症,离奇地结束了他的一生。

> 蓬莱此去无多日;
> 萧郎从此是路人。

1924年10月,第二次直奉战争中,吴佩孚因冯玉祥倒戈而失败,南下蛰居于湖北与河南交界的鸡公山。在他过生日那天,亲朋好友前往祝贺。他的老部下萧耀南任湖北军务督办,送给他一副寿屏,其中有一句"蓬莱此去无多路"。唐代诗人李商隐有"蓬山此去无多路",而吴又是山东蓬莱人,此句正是隐刺吴佩孚。吴见后笑了笑,写了句"萧郎从此是路人",回电致谢。唐朝诗人崔郊有诗句"侯门一入深似海,萧郎从此是路人"。一赠一答,皆用唐诗,暗藏机关,针锋相对,可谓巧对。

史乐善 三副

史乐善，字雨汀。天津人。清末文人、著名书法家，以帖见长，然"轻不与人书"。《天津县新志》卷二十三载："《雨汀诗草》一卷，《梅影集》二卷，史乐善撰。乐善字雨汀，诸生。"

> 水月庵前出水月；
> 云霞观外看云霞。

此为水月庵大殿上的一副对联，乃史乐善所作。系以寺庙名称入联，但却别有意蕴。水月庵原在天津南马路一带，约在清光绪初年建寺，庵内有一水池，月光倒影，空明清净。云霞观在芥园附近，与水月庵兴建年代相仿，后改名千福寺，当年此地属"西头"。1930年，宋蕴璞所辑《天津志略》载："千福寺，一名千佛寺，在双忠庙西，现经住持募化重修。"可知那时云霞观依然存在，在观外会很轻易地看到云霞的。

到此皆洁己之士；

相对乃忘形之交。

天津旧文人最轻视饭馆、澡堂、戏园等，被称为"五子"行业。而澡堂子旧时尤被轻视。但史乐善却为翟记澡堂题写此联。联语文笔轻松，写得幽默而甚有情味。

于书无所不读；

凡物皆有可观。

史乐善擅诗书，且讲门风而重师承，对其师辈著作尤悉心搜罗。津人董怀新（1787—1831）从学于梅成栋，涉猎群书，才学过人。史乐善曾手抄董怀新诗稿《石莲集》精心宝藏。华长卿从史乐善家得其手抄，选编刊刻《石莲集》方得以传世。"于书无所不读，凡物皆有可观。"此联表达了史乐善对读书和宇宙万物的态度，也是他为人处世的写照。

夏枝巢 一副

　　夏枝巢(1874—1963)，江苏南京人。著名诗词家。擅诗词曲，以词为最。戊戌(1898年)变法那年，他以拔贡身份到北京参加殿试朝考，成绩优秀，遂通籍北京，开始了他30年的官宦生涯。曾与张伯驹、郭啸麓、黄公渚、黄君坦、关颖等人结为"蛰园诗社"。日寇投降后，参加张伯驹在北京西郊展春园的"庚寅诗社"，常与张伯驹等往来吟咏。中华人民共和国成立后，曾任中央文史馆馆员。

<blockquote>
谭篆青割烹要汤；
张丛碧绘事后素。
</blockquote>

　　这是一副征联，说的是民国年间北京谭家菜和著名收藏家张伯驹及夫人潘素的一段雅事。"谭家菜"成于谭篆青(名祖壬)，滥觞于其祖父谭莹。谭氏不惜重金礼聘名厨，汲取和总结他们的烹饪技艺而加以变化，形成谭家菜肴的独特风味。谭氏食客多为文人雅

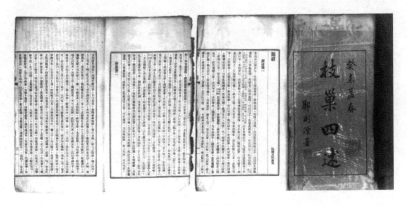

夏枝巢著述

士,当灶者是谭篆青的夫人,每天只做三席,三天前预约。无论谁做东,都要给谭篆青一份请柬,并备一副杯箸。谭篆青亦欣然入座,品尝几口、清谈一阵便退,以表明谭家不以射利为目的。谭篆青这个人文化层次极高,风雅善诗词,誉满京城,南北词人诗家多与其结交唱和。有位叫汤尔和的督军,慕其名望和文才,欲授谭篆青以官职,谭坚辞不赴,由此传为佳话。有位词人便以"谭篆青割烹要汤"征联,当时虽有对者,皆不能工。数年后,张伯驹、潘素夫妇办画展,夏枝巢老人于览画中灵感忽至,立素纸对曰"张丛碧绘事后素"。"割烹要汤"语出《孟子》,言谭篆青以烹调之技被汤督军看重;"绘事后素"语出《论语》,言张伯驹(字丛碧)画艺在潘素之下。两典皆出《四书》,且"谭篆青"与"张丛碧"人名相对,"青"与"碧"颜色正对,在场者无不为之倾倒。张老更是得意,特请印人张牧石先生为刻朱白文各一印。

王猩酋 二副

　　王猩酋(1876—1948)，名文桂，字馨秋，中年易号星球，晚年更用猩酋，又号迟道、石器猿人，别号"净饭王"。天津武清区王庆坨人。少年聪慧，青年时期在天津考中秀才，文名大振，所作诗文洒脱豪放。20 世纪 20 年代曾为燕京大学考古学会会员、天津崇化学会文科主课，京津泰晤士报、星期报专栏作家。不但文笔好，且精医术、善考古、工书画，富收藏。

　　　　　　半夜早朝声入梦；
　　　　　　一江春水暖先知。

　　早年，天津北大关附近有一马记鸡鸭店，此为王猩酋为该店撰写的对联。其上联写鸡，以古代官员早朝喻鸡，下联写鸭，乃活用宋代苏东坡《惠崇春江晚景》中的"春江水暖鸭先知"之句。

> 惯受香云压；
> 偏宜玉体陈。

　　此联当初悬挂在天津北马路附近的玉香号凉席凉枕店，王猩酋撰句并书写。上联嵌"香"字，意在写枕，下联嵌"玉"字，意在写席，通过受美女的青睐提升所售席与枕的身价。联语巧妙营造了一个想象的空间，别有一番意趣。

　　王猩酋居家设塾四十余年，门生众多。且著有《大禹九鼎所在考》《雨花石小记》等，分别刊载于《燕京大学考古学社刊》《中国史迹风土丛书》。他学识渊深，思想开化。其病危时立下遗嘱：不着寿衣，不举哀，不惊动亲友，柳条篓作柩，深葬于薄隙地，不起坟头。并将所藏书画、书籍、古钱、石子等藏品分与诸门生。李炳德先生说：我在崇化学会国学讲习科读书时，王猩酋先生为学员们批改作文。他长于郭霭春先生 36 岁，为忘年交。两人关系密切，友情很深。郭先生曾在《王君猩酋》一诗中抒发对王的怀念："九鼎向来无考证，宏文刊出世皆惊。雍阳萧瑟黄花冷，想见长吟卧月明。"

王襄 四副

王襄(1876—1965)，字纶阁，号簠室，天津人。中国现代金石学家、甲骨学家。1910年在北京农工商部高等实业学堂矿科毕业，1913年又毕业于天津民国法汉讲习所政治经济科。曾在天津、福建、广东、四川、浙江、湖北等省盐务稽核所任职多年。中华人民共和国成立后，于1953年任天津文史研究馆馆长。著有《簠室殷契类纂》《簠室殷契征文》《古文流变臆说》等。

蒲酒养年人寿考；

榴花献颂岁平安。

王襄喜作联语。这是他为夫人杨时撰联，并题曰："岁次丁酉。杨夫人正七十，敬即景为联语，以祝生日，愿强饮、强食，皓骨偕老。是岁也，襄重游沣水，堪引为点缀，且可验寿征也。"

根据王襄先生生平可知，王襄1897年与原配夫人叶氏结婚。

王襄

1904年叶氏病逝后，转年继娶杨氏夫人，一年后杨氏夫人病故。1907年与杨时结婚，王襄的前两位夫人未有生育，王襄与杨时共育有四子二女，其中幼女三岁夭折，五位子女分别是长子长儒、次子翁儒、三子孟儒、幼子巨儒和长女敬儒。王襄与杨时夫人感情甚笃，旧社会男尊女卑，但王襄对杨时夫人却恩爱有加。他在杭州供职时，曾携夫人同游西湖，并摄影留念。彼时王襄已近花甲，尚有如此浪漫雅兴，在当时的文化人中极不多见。此联尤可见王襄老人对夫人的尊重，亦可见夫妻间的恩爱及相濡以沫的情义。

寿君正逢上元节；
生日再庆五十年。

王襄兄弟三人，王襄居长，王赞居次，王钊居幼，后王钊过继给王襄的三伯父仰枫公为嗣。王钊（1883—1946），字雪民、燮民，一号乐石居士，善治印，精鉴赏，著有《乐石斋存印》《雪民存印》。王钊一生清贫，好古不倦，治印巧夺天工，性情倜傥不群，在津门独领风骚，被誉为印坛高手。当年国画大师张大千，津门书法大家华世奎、孟广慧等人多请王钊治印，王襄之印多出自王钊之手。陆辛农有诗赞曰："师古不泥具卓识，追幽探奥成婀娜。天人工巧两称绝，想见游刃如挥戈。"王钊治印以甲骨文刻边款，独见机抒，别开一格。王襄曾将自家兄弟三人比作把宋时的"三苏"，在王钊五十岁生日时，王襄从湖北寄此寿联，表达手足之情和对弟弟的牵挂，并题记："阿兄远客鄂西，不克为寿，书此祝之，吾兄弟以樗散之资，年皆衰老，时借文字相娱，颇似东坡、子由，虽道德文章不敢望昔贤万一，然而天伦之乐无差池也。"

兄弟命多奇，少失母，壮失父，贫苦相依，垂老那堪长别痛；
子女尚年稚，生在养，学在教，鞠育何悖，伤心剩有泪痕斑。

钱钢先生《史书究证在鉴衡——王襄传略》里说，王襄兄弟感情深厚，他们自幼在一起读私塾治学问，及长虽各自成家，但都居住在老城里大刘家胡同王氏旧居之中。后来王襄长年客居他乡，形单影只，更觉兄弟情深，他在《忆弟》诗中写道："太息微糈困此身，闲关无奈总依人。蜀川留滞悲游子，大地干戈起浊尘。久客始知乡里好，衰年更觉弟兄亲。围炉絮语情堪忆，望断津沧独怆神。"1934年王赞55岁生日时，王襄恰在杭州任职，特请画师为王赞画像，邮至津门祝贺寿诞。在《赞弟画像记》中他深情地回忆起少年时光："白首兄弟藉文字相娱，信一乐事。曩年少时，兄弟三人，冬夜围炉，

王襄金文七言联

灯下补课,至快意则狂吟朗诵,杂古今文艺事物,刺探隐怪,设难而说解之,食煨粟脯果为之助,兴酣情畅,何堪壮哉!今兄远客数千里,不得时见,邮此图寿之。愿弟强进饮食,长养天年,于生日张之堂壁,迨子侄班祝礼成,第顾而额之,曰:'是吾之像也,是吾之像也,兄之望如此。'"王赞去世时,王襄正在杭州,闻讯后,王襄星夜赶回天津处理后事,并撰此挽联。作为兄长,王襄悲痛异常,挽联中流露出的情感极为深切,读来动人心弦。

王赞、王钊二人均先于王襄而逝。王钊 1946 年病逝后,王襄亦亲撰《亡弟雪民传》,收录于《纶阁文稿》。

> 到此平安亦乐土;
>
> 闲将文字写乡思。

1941 年,经高等实业学堂同学陈振华介绍,王襄到长芦盐务稽核所石碑支所任职,自此开始了他长达 25 年的漂泊游历生涯。这期间他先后到过福建的平潭、广东的广州、四川的射洪、湖北的新堤、浙江的杭州、天津的长芦等,辗转奔波,劳形案牍。这是他在福建就职时所写的联语。并题曰:"客闽期岁,风鹤数惊,平潭孤岛,非兵家必争,尚堪安处,第滨海荒陬,无山水之乐,蛰居一室,日事文字生活。念寄食此都,难言归去,每风月清佳,颇思故里。癸亥立秋制此写怀,书寄两弟,亦传平安意也。"每有家书来,他更是欢悦不已,尝有《喜得家书》诗云:"喜得家书至,开缄意转迟。故乡来好讯,客子慰相思。莽地风尘溷,惊秋岁月悲。蜀川山水美,且莫问归期。"撰联和诗句情真意切,字里行间表现出他对故乡和家人的思念,同时也流露出一种无奈和自慰。据称,王襄在江南工作期间,一直将

王襄书七言联　　　　　　王襄手书对联

心爱的甲骨携带身边,工作之余时常摩挲研究,考订注释。然而就在 1934 年他从湖北返津休假由铁路带运行李时,他那装满甲骨的木箱不见了。王襄心痛不已,后经四处寻找,最终在张家口火车站找回,但箱盖已被撬开,可能是因为箱内并无财物,朽骨未引起贼人注意,甲骨幸而无失。经此意外,王襄再也不敢将甲骨携带外出。

李叔同 七副

李叔同(1880—1942),名文涛,别号息霜,法号演音,号弘一,生于天津。中国近代文化大师和佛学大师。集诗词、书画、篆刻、音乐、文学于一身,在各个领域开中华灿烂文化艺术之先河。他是第一个向中国传播西方音乐的先驱者,是把西洋画引入中国的第一人,也是中国话剧的创始人。他的书法艺术精湛,"朴拙圆满,浑若天成"。1918年皈依佛门后,精研律学,教弟子"念佛不忘救国",且使国内中断700多年的"南山律宗"得以复兴光大。赵朴初评价大师的一生为:"无尽奇珍供世眼,一轮明月耀天心。"

悉灭众生烦恼暗;
恒涂净戒真实香。

弘一法师对联语有浓厚的兴趣,且有极高的鉴赏和创作能力。他将《华严经》经文集为联句,并一一书写,编成《华严集联三百》,

自晋、唐二译《华严经》偈颂和唐贞元译《华严经普贤行愿品》偈颂中,各集100联。联文大都"依上句而为次第","字音平仄,惟调句末一字,余字,不字不论";除个别联语,"一联之中,无有复字"。他在序中说:"割裂经文,集为联句,本非所宜。今循道侣之请,勉以缀辑。其中不失经文原意者虽亦有之,而因二句集合,遂致变易经意者颇复不鲜。战战悚悚,一言三复,竭其驽力,冀以无大过耳。兹事险难,害多利少。寄语后贤,毋再赓续。偶一不慎,便成谤法之重咎矣。"弘一法师虽说得如此谨慎,这些《华严经》集联,半个多世纪以来,一直被佛学界与书坛看做其佛学著作的代表和书法精品之一。此联便是《大方广佛华严经》的一副集联,是弘一法师书赠旧师赵元礼的。

19世纪末,天津聚集着一批思想开明、多才多艺的学者文人。在这些人中,严范孙、周啸麟、王仁安、孟广慧、姚品侯、王吟笙、姚召臣、冯玉夫、曹幼占等,不是李家的亲戚、邻居,就是李叔同的至交、学友。不满20岁的李叔同"转益多师",善于从他们中的每一个人身上汲取知识营养,不断拓展自己的才艺和视野。并且,受到西学东进风气的影响,李叔同在学习传统文化的同时,也开始钻研算学和外文。此外,他还做过票友,练过京剧的唱腔和武功。

在天津的士林名流中,李叔同与赵元礼的关系尤为密切。赵元礼,字体仁,又字幼梅。因排行第五,乡人称他为"赵五爷"。赵是位饱学之士,早年在天津鼓楼东大街"世进士第"姚家教家馆。李叔同的二嫂姚氏是这姚家的"姑奶奶",因此叔同常去姚家,并从16岁起就向赵元礼学习古典诗词。赵诗学苏东坡,其"诗格老而理境深",著有多部诗集及诗话、随笔等。他教叔同学诗以苏诗相授,兼及晚唐诗,由唐入宋。叔同最喜读唐、五代诗词,尤爱王维诗和苏东坡词、辛稼轩词。东坡好以禅语入诗,又多豪纵清雄之语,这对李叔同诗词风格影响尤深。赵元礼虽善诗,却不善填词,然叔同填词却能从苏诗中窥东坡之堂奥,长调与小令兼擅,这一点比赵老先生又高出一筹。

李叔同离津后一直与赵元礼保持联系。1901 年李叔同从上海北上天津又与乃师会面。回到上海,他将二三月间北上探亲的经历与所见,以日记体写成《辛丑北征泪墨》。将诗词另行辑出,寄给天津的赵元礼先生,先生为之题词,其中"与子期年长别离,乱后握手心神怡"之句,足可窥见师生间对世事交融之深。

这副赠赵元礼联写于 1937 年,师生已多年未曾谋面,且叔同早已出家为僧,旧师在俗,但从此联中仍可看出师生的情分和法师对赵先生的敬重。

此联虽是佛经的语言,却蕴含着深刻的人生哲理。应该说,佛法并非有些人所认为的是一种迷信,而是足可称得上解释人生和宇宙的智慧。佛法往往从其自身独特的视角阐视对世界的理解、对人生的参悟。早在两千多年前,佛陀就说过:人生很苦。时光流逝于两千五百多年,今人与古人所面临的人生难题在本质上并未改变。在世事艰难的人生旅程中,我们脆弱的心灵常常遇到苦和累的缠缚。"悉灭众生烦恼暗,恒涂净戒真实香",听起来不好理解,其意思无非是断除人世间的一切烦恼和黑暗,离除一切尘垢污染,进而进入一个"净戒真实"的圆满境界。弘一法师以光明象征智慧,光明使人看清眼前的形形色色,使我们在人生的道路上做出正确的抉择。从这个角度上看,从赵师和弘一所面临的人生课题上来追索,此联也恰恰是师生二人心灵的沟通。

1907年李叔同(左)留日期间与曾孝谷 (右)在春柳社演戏时合影

丁丑(1937年)十一月弘一法师 书赠旧师赵幼梅之联句

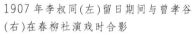

会心当处即是；

泉水在山乃清。

　　1930年正月，印月长老将归厦门虎溪岩，51岁的弘一大师以长老法号"会泉"二字撰冠头联并手书赠之。联上复加题记云："印月法师归卧虎溪，书此呈之，后学月臂，时庚午居丰州。"虎溪，即厦门虎溪岩。丰州即泉州南安县古称。月臂是弘一的一个号。

　　印月名明性，字会泉，以字行，印月为其别号，是厦门南普陀寺第一任十方选贤丛林住持。印月法师是闽南佛教界的前辈。弘一法师有位极有学养的高足性常法师,早年便从印月法师问学。弘一之徒广义法师,曾于泉州承天寺及厦门万石岩,从性愿、印月二法师受教。弘一大师为印月法师撰写此联时对方已退居,可见大师对长老的敬重。

弘一大师也曾为其他佛教界的老人呈献对联。转道和尚(1872—1943)乃闽南佛教界耆宿,时居新加坡,兼任泉州开元寺住持,建树甚多。有人告诉弘一,老和尚转道正度七旬大寿,他随即提笔撰寿联云:"老圃秋残,犹有黄花标晚节;澄潭影现,仰观皓月镇中天。"托人给转道和尚呈上。写这副联语时,弘一法师已六十有二,离其圆寂仅有半年多时光。

弘一大师对前辈的尊重体现在他的一言一行中。据大师的弟子黄福海说,他和法师去照相馆照相,走着走着法师忽然步履转慢,黄抬头看见前面远远走着个矮和尚,法师指着他的背影,低微着声音说:"这位就是承天寺的大和尚,他岁数比我大,出家比我早,是佛门的老前辈,我这时要慢一些走,不能走到他的前头。"

天津近代人物蜡像馆内的
弘一大师晚年僧装蜡像

"会心当处即是，泉水在山乃清"，以"会泉"法号分嵌第一字，也表现出大师奇思妙想的深厚的艺术功力。其高远的意境，深刻的内涵，给人留下难以磨灭的印象。20世纪60年代，南普陀寺为会泉法师建造石塔，有意将塔址造在一泓泉水之旁，并将弘一法师所书联语镌刻在塔前的护栏上。泉水、联语，相映成趣。善男信女们来到这里，顿觉高妙清凉，禅意盎然。

> 是真仙灵，为佛门做大护法；
>
> 殊胜境界，集僧众建新道场。

此为净峰仙祖庙题联。

"净峰古刹，千年历史。孤峰突兀，拔地而起。山明水秀，风景幽美。玲珑怪石，百态千姿。"

净峰，在福建省惠安县东南小岞半岛上。半岛一望平畴，净峰独峙，站在峰顶四顾，三面临海，微风吹拂，令人心旷神怡。净峰，不仅因风光奇秀而著称，更以弘一法师与净峰寺之法缘而闻名于世。

1935年春，弘一法师由泉州来净峰驻锡，至10月底离去。传说净峰是李铁拐的故乡。

请李铁拐"为佛门做大护法"，反映了法师的气魄；"集僧众建新道场"，反映法师弘扬佛法的不懈精神。从这副对联中既能看出弘一法师作为出家人的仁孝之心，也可看出大师对民间美好信仰及对道家思想的包容。

> 自净其心，有若光风霁月；
>
> 他山之石，厥惟益友明师。

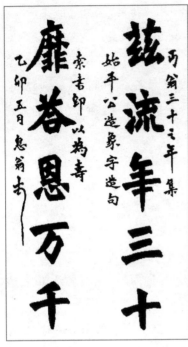

乙卯(1915年)五月李叔同
书赠夏丏尊以为祝嘏

这是弘一法师为净峰寺客堂书写的对联,中嵌"净山"二字,寄意自励。

在净峰曾发生这样一件事:净峰山下的净慈小学校长庄连福是位基督徒,听说高僧弘一前来弘法,便与附近礼拜堂的传道师陈连枝一起上山往访,不料被随侍弘一的传贯拦住。传贯认为信仰不同,法师很可能不欢迎他们。弘一法师知道了此事,心中十分不安,特让传贯到学校向庄校长赔罪道歉,并请传贯代他将一本《华严经》和他手写的四幅单挑送给庄校长。传贯告诉庄校长,每天下午一点半,法师准时讲经,于是庄校长和一些基督徒每天上山去听弘一法师讲经。

在这副对联中,弘一法师表达了自己要如同光风霁月"自净其心"。"他山之石"出自《诗经》中"他山之石,可以攻玉"。"厥"当"他的"讲。在弘一的心中,只要是"益友明师",都可视作"可以攻玉"的"他山之石",不但可以容纳,而且可成为精神的滋养。上面那个故事正是体现了法师的这种思想。

见性；

明心。

这是一幅仅有 4 个字的短联，系用刚劲优雅的小篆所书，是弘一法师 1940 年夏天书赠永春童子李芳远的。联上书有跋语曰："岁次寿星暑初，居毗湖普际山中，养疴习静，书此以奉芳远童子。老病颓唐，无所工也。善梦，时年六十有一。"善梦为弘一法师之别号。7月 22 日，法师在致李芳远的信中还提到"近拟埋光埋名，遁世终老"。这幅无法再短的篆联，却记录了近代艺坛中弘一大师与童子李芳远的一段耐人寻味的佳话。

李芳远是闽南永春县人，生于 1924 年，逝于 1981 年，是古典文学研究家、诗人、书法家，出身于书香门第。1936 年 6 月，弘一法师驻锡于厦门鼓浪屿的日光岩寺。夏季的一天，当时只有 13 岁的李芳远随父亲到日光岩寺拜谒法师，甚是虔诚。法师十分喜爱这个面目清秀、好学不倦的童子，自此建立深厚的道缘。

弘一法师一向埋名遁迹，1938 年冬初，法师在住泉州承天寺时，破例为泉州人说了许多法，写了许多字，甚至会了几次客，赴了几次斋……报上披露了这些不寻常的新闻，各方都为法师肯于广结法缘而感到欢欣。就在这时，法师收到芳远寄来的一封长信，信中列举报载有关法师近来忙于与世俗酬酢的情形，末了说法师变成一个"应酬和尚"了，劝请法师闭门静修。弘一法师看后，十分感动，立即复信："惠书诵悉。至用惭惶！自明日起，当即遵命，闭门静修，摒弃一切。"1939 年 1 月 4 日，法师在承天寺佛教养正院同学会上讲演，表示了忏悔，说："近来再到泉州，虽然时常起一种恐惧厌离的心，但是仍不免向这一条名闻利养的路上前进。可是近来也有件可庆幸的事，因为我近来得到永春十五岁小孩子的一封信。他劝我以后不可常常宴会，要养静用功；信中又说起他近来的生活，如吟诗、赏月、看花、静坐等，洋洋千言的一封信。啊！他是一个十五岁的小孩子，竟有如此高尚的思想，正当我的见解。我看他这一封信，真是惭愧万分了。我自从得到他的信以后，就以十分坚决的心，谢绝宴会，虽然得罪了别人，也不管他，这个也可算是近来一件可庆幸的事了。"而后法师便到泉州城郊清源山一个山洞中静居三十余日，方回承天寺。次年，法师又为芳远童子写下这幅"见性，明心"的篆联，并写信给李芳远，更表达了法师"埋光埋名"的诚心和严己律、宽以待人的高尚品格。

"静查己过，勿论人非"，是弘一大师的一贯思想。慧能宣扬"佛性本有，觉悟无须外求"，认为只要"主观觉悟""明心见性"，就能在死后"成佛"。

1917 年李叔同
临吴天玺纪功颂

弘一楷书

"见性,明心"就是提倡一种检点、磊落的精神,告诫人们要常怀自省之心,检讨自己的过失。在现代社会,"见性,明心""静查己过",已经是一个有责任的现代人所必备的品质。年过半百的一代高僧,诚意接受一个 15 岁童子的批评,表现了弘一法师的高风磊落。

> 石壁光明,相传为文佛现影;
> 史乘记载,于此有名贤读书。

这是为晋江草庵石像所作联语。草庵是国内仅存的波斯摩尼教旧址。摩尼教于唐代传到中土,亦称明教、明尊教,故草庵也叫光明寺。内有摩崖石像刻于元初,宽额方颐,两耳垂肩,慈颜清超,背后刻有四射光焰,世称"摩尼光佛"。

草庵之前,千年古桧,老枝虬结,葱郁龙钟,庵后万石丛叠,岩崖间刻有"玉泉""云梯百级"等题名。弘一法师题刻的"万石梅峰"落款为"大华岩寺沙门一音题"。登上顶峰,极目千里,明代尚书黄凤翔登游题诗云:"琳宫秋日共跻登,木落山空爽气澄。细草久湮仙峤路,斜熏暂作佛坛灯。竹边泉脉邻丹灶,洞里云根蔓绿藤。飘瓦颓垣君莫问,萧然一榻便崚嶒。"草庵的龙泉岩十八石佛尤其引人注目,这里原是明清两代 18 位名人读书的地方,他们后来一一进登高升,荣华富贵。弘一法师于 1933 年 11 月 11 日应草庵住持之请来到草庵,在这里他除了讲述《梵网经戒本》《药师经》等,又为大殿题书对联云:"石壁光明,相传为文佛现影;史乘记载,于此有名贤读书。"后来他又特意撰写了《重兴草庵碑记》叙述了那段陈年旧事。其中说道:"尔时十八硕儒,读书其间,后悉进登,位跻贵显;殿供石佛,昔为岩壁,常现金容一因依其形,雕造石像。"后来联语被刻在木板上，挂在佛龛两侧。

摩尼教在地球上仅草庵一处遗址，草庵现在是福建省省级文物保护单位，弘一在联中称"石壁"乃"文佛现影"，可见他对宗教文化的包容精神。联中也显现出他对名贤的赞誉和对古迹的爱护。

> 安宁万邦，正需良药；
> 人我一相，乃谓大慈。

弘一法师常将联语这种形式，作为劝人为善的巧妙手段。法师在闽南时，晋江有位医生叫杜培材，设有"安人诊疗所"。此人医道高明，但索价昂贵，病人时有怨言。杜对弘一法师仰慕已久，早想亲承謦欬。1941年秋天，他得知弘一法师驻锡本地福林寺，便前来拜谒，弘一为他书写一偈作留念。1942年春天，弘一法师听说了杜培材收费高昂的事，便将平时佛门和诸善信供养的名贵药品，托人赠与杜氏，嘱其普施劳苦病人。同时撰此联相赠，以"安人"二字冠头，暗示其培养医德。杜培材接到对联和药品，深为弘一法师的高尚品德所感动，也意会到了弘一法师的婉言劝告，致信弘一法师说，定要"效法师'慈悲众生'的婆心，真正地把'关怀民瘼'的精神培植起来"。

弘一法师赠予杜培材的这副对联，其主旨在于大慈大爱，其倡导的是以善良的爱心去行善。《三字经》开宗明义便是"人之初，性本善"，这在某种程度上是对善良加以充分地肯定。有人说"善良是人性中蕴藏着的一种最柔软，但同时又是最有力量的情愫。"有了善心，当教师的全身心地教书育人，当医生的以救死扶伤为天职。弘一大师尝言："为善最乐。"善，犹如泥土使万物生长，它丰富了人

弘一法师书联,华严经偈颂集句　　弘一楷书五言联　作于 1938 年

类的精神世界,提升了人性的高度。从善良人身上,人们感觉到温暖,体会到生命的美丽和灿烂。

沈尹默 一副

　　沈尹默(1882—1971),原名实,字中,又名君默,更名尹默,号秋明、瓠庵、瓠瓜庵。浙江湖州人。留学日本帝国大学。归国后,任北京大学教授,河北教育厅长、北京大学校长。1949年后,任全国政协委员,中央文史馆馆长,上海书法篆刻研究会主任。著名诗人、学者。工书法,崇尚二王,遍临晋唐诸帖,擅行书,精于用笔,清丽圆润中有劲健秀逸之姿。

　　　　　　且舍鱼取熊,大小姐构通孟子;
　　　　　　愿吹毛求疵,老相公重作新郎。

　　此乃贺熊希龄再婚联。

　　熊希龄(1867—1937),湖南凤凰人。清末进士。民国后曾任北洋政府国务总理、热河都统。袁世凯窃国,立辞参政院参政等职,同时协助蔡锷逃往天津。1917年直隶发生水灾,被任命为京东河道督

沈尹默书辛稼轩词

沈尹默行书七言联

办,曾为天津西南隅展宽筑埝,拨款 8 万元,并著有《京畿水灾惨状图》记其事。又以京西香山静宜园建立慈幼院,以收容水灾后无家可归儿童。长期在天津做寓公,曾任中国实业银行总董,后病逝于香港。

熊希龄的原配夫人朱其慧,为近代教育家朱经农之姑,于民国二十年(1931)逝世,时熊希龄已 62 岁。其后熊即与当时知名女士毛彦文相恋。至熊 66 岁,毛仅三十有三,竟成佳偶。婚期在民国二十四年(1935)一月,婚礼在上海举行。一时贺客既众,贺联亦多,沈尹默与熊、毛两人皆老友,故以联贺之。联虽谑而不虐,最为当时所称。

　　熊希龄再婚,贺者甚多。除了沈尹默之贺联外,还盛传一联:"老夫六六,新娘三三,老夫新娘九十九;白发盈盈,红颜蔼蔼,白发红颜眉其眉。"惟有人亦私为一联云:"九九丹成,恰是三三行满;双双如意,谁知六六无能。"则谑而近虐,联亦不佳。又有一联云:"熊希龄,雄心不死;毛彦文,茅塞顿开。"则谑而近鄙。

陆辛农 一副

陆辛农(1887—1974)，名文郁。民国以来天津著名画家，也是诗人。办过报，又是报人。曾多年主持河北省博物院、天津广智馆的工作，博通金石考古、古钱，以及陈列、设计，还是博物馆学家。对天津地方史有过精深的研究，是著名的地方史学家，还一位颇有造诣的植物学家。

陆辛农

文点松，文也文，点也点；
周让竹，让不让，周不周。

周让，字铁珊，亦书铁衫。民国时天津著名画家。善墨竹、墨菊，尤喜画蟹。花卉、拳石，有时亦偶作。周让性褊急，喜夸大，遇其所不

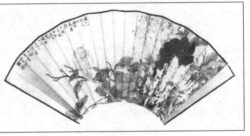

陆辛农绘扇面

陆辛农绘花卉

善，尝面折之。有人称他为"铁舌周不让"。盖珊、衫与舌音相谐也。一次有求画竹者，以人情来，希望少付一些报酬，周让不肯，来人苦苦哀求，周就是不相让。此时另一位叫陈恭甫的画家也在场，就在一旁劝他，周让笑着回答："你不知我叫'铁舌周不让'吗？"事后陈恭甫与陆辛农谈及此事，并对陆辛农说："铁珊说话，太不周到。"陆辛农笑道："昔文点（明代画家）写松，多苔点，或戏之曰：'文点松，文也文，点也点。'今可对'周让竹，让不让，周不周'。究竟周让似觉不顺。"因相与大笑。

袁克文 一副

袁克文(1890—1931),字豹,又字豹岑、抱存,号寒云。河南项城人,生于朝鲜。袁世凯次子。18岁以萌生授法部员外郎。寄情昆曲,粉墨登场,结诗唱和,浪游南北。后以卖文、鬻书为生,曾为上海《品报》主笔,并连载《辛丙秘苑》等。撰有《洹上私乘》《寒云诗集》等。长期生活在天津,死后葬于天津西沽。

国破家亡几欠人来哭祖庙;
时衰世乱请看我去骂阎罗。

袁克文与汪笑侬都是造诣深厚的戏剧才俊,二人有着不同寻常的人生经历。1918年9月23日,汪笑侬在上海潦倒而终。远在天津的袁克文闻讯嚎啕痛哭,于抽泣中书此挽联以致哀悼。

袁、汪二人有金兰之谊。袁乃民国"四大公子"之一,一生痴迷于戏曲。汪出身官宦之家,少读诗书,17岁应试入学,20岁中举。曾

袁克文戏装照

任河南太康知县，因秉性刚正，被劾罢职，投身戏曲界。自力奋发，勤学苦练，终于登上舞台，并改名为"汪笑侬"以自勉。汪笑侬本文人隐于艺，又号伶隐。尝自署门联云："墨笑儒，韩笑佛，司马笑道，侬惟自笑也；舜隐农，说隐工，胶鬲隐商，伶亦不隐乎。"很有深意。

根据自己嗓音特点，汪笑侬将汪（桂芬）、孙（菊仙）各派所长熔为一炉，另创新腔，自成一派，世称"汪派"。清末移居天津。所编演的《哭祖庙》《博浪锥》与《党人碑》《宋花奇案》等大量反映社会现状的时装戏，曾在天津轰动一时。据称，袁因与汪来往，曾蒙受过不白之冤。1911年武昌起义爆发，革命党人王钟声奉沪军都督之命潜入天津，策动北方革命。未料几日后王钟声在天津被捕，处以极刑。当时社会传说，王钟声抵津后去看望连襟汪笑侬时，袁克文在座，而后他向清政府告密，致使王钟声被直隶总督陈夔龙逮捕，袁克文因此背上了出卖革命党人的恶名。后来，曾经与王钟声一起被捕的革命党人胡鄂公取保释放后，著有《辛亥革命北方实录》，其中谈到他与王钟声等人在天津被捕的经过，证实此事与袁克文毫无关系。胡鄂公是在北京举义失败后，与孙谏声、陈之骥等人一起集中天津，组织津军司令部的策划者之一，《辛亥革命北方实录》撰于民国元年，人们确信不会是假，袁克文的不白之冤由此得以洗清。

袁克文书横幅

袁克文行书五言联

袁克文书写的对联

    袁悼汪的这副挽联由衷地道出了时势之衰败，同时将汪笑侬生前最擅演的两出名剧即《哭祖庙》《骂阎罗》镶嵌于其中，更显情真而意切。

金钺 一副

金钺(1892—1972),字浚宣,号屏庐,天津人,著名藏书家、刻书家。清末曾任民政部员外郎。辛亥革命后,赋闲家居。金钺喜好乡里文献,一有空便多方搜求。一生编刻天津地方文献数十种,对桑梓文化的保存和传播作出贡献。

> 好胜,好负气,好多说话,好遇事逞才,都是好寻烦恼;
> 能忍,能吃亏,能装糊涂,能虚心受善,自然能得便宜。

这是金钺撰写的一副格言联。

金钺是峰泽堂金氏的后代,其家族亦儒亦商,著名文人辈出,他们的著作大多广为流传。金钺先生幼承家学,一生喜好看书藏书、编书刻书。津人高凌雯在《志余随笔》中说:"天津有藏书之家,无刻书之人。近惟浚宣喜为此,网罗旧籍,日事铅椠,十余年未尝有闲。由其先人撰述推及乡人著作,近刊行二十余种。"伦明在《辛亥以来藏书纪事诗》中对金浚宣先生倍加赞颂："乡贤著书网罗勤,铅椠连年自策勋。韵事鲍金今再见,共惊空谷足音闻。"金钺文化品位甚高,他书工八分,画善墨竹,清雅孤秀。劝业场楼上他曾题匾一块"毓文商行"。家居津沽时,常与名士严修、章钰、赵元礼、王守恂、高凌雯等诗文往还。他还是著名收藏家。他收藏的《魏皇甫驎碑》曾被罗振玉辑入《六朝墓志菁英》一书。此碑原系清咸丰年间在陕西鄠县出土,后归端方,最后由金钺收藏。1952 年金钺将此碑连同其他珍贵收藏品捐献政府。天津市人民政府文化局向金钺发了"褒奖状",称:"金浚宣先生以其珍藏魏皇甫驎碑一块,齐乞伏君墓志二块,木刻书板四十八箱,天津人士著作八十五册,捐献政府,化私为公,殊堪嘉尚,特予褒奖此状。"但先生晚景不佳。"文革"后,家中甚至连笔墨纸砚都成了稀罕物。他用毛边纸画几竿竹子,却没有印章。还是龚望先生为他刻印多方,他才有印可钤。金钺写的这一格言联,讲出为人处世的哲理,含义很深,同时也反映了他的一种心境,一种对人生的感悟。

金钺刊印的《屏庐丛刻》

赵元任 一副

赵元任(1892—1982),天津人。著名学者,教授。他既是世界闻名的语言学家,又是物理学家、数学家、音乐家。曾长期居住美国。逝世前被北京大学聘为名誉教授。

> 十载凑双簧,无词今后难成曲;
> 数人弱一个,叫我如何不想他。

刘半农(1891—1934),文学家、语言学家。曾任北京大学教授。1934年赵元任挽刘半农逝世。上联"双簧"本指一种二人表演的杂耍,此指二人长期合作,由刘半农作词、赵元任作曲创作了许多歌曲。下联为双关句,既指赵元任与刘半农合作谱写的传唱不衰的名曲《叫我如何不想他》,歌词是刘半农去法国留学的轮船上所写的怀念祖国的诗,又指怀念老友的情愫。

李麟玺 一副

李麟玺(1895—1945),字晋章,又单名矫。李叔同的侄子。在天津南开中学读书时曾参加南开新剧团活动,和周恩来等一同演过话剧。一生主要供职于天津银行界,喜书画篆刻及养鸽养花,自起禅号"雄河居士"。

　　香火有因缘,劫来教诲亲承,居诸不过年余耳;
　　音书久迟滞,闻道悲欣交集,想象真勘痛绝乎。

李麟玺是李叔同的二哥李文熙的次子,李麟玉的弟弟,他是李叔同晚年联系最多的一个晚辈。从弘一大师书信集中可以找到6封写给他的信,分别是让他代办购物、寻物、转信和代刻图章等事,时间是在 1932 年阴历五月至 1933 年阴历三月之间,李叔同远在福建。

1942 年农历九月初四日,弘一大师李叔同在福建泉州圆寂,生活在天津的李麟玺随即收到妙莲法师寄来的讣告和三叔升西时的照片，他立即将噩耗转告津门亲友，并寄赠了这一挽联。这是法师圆寂后，家属中唯一书联以挽的。由此联可见，李麟玺不仅与其三叔李叔同在书画金石上有着共同的爱好，并受到李叔同指点，而且他们在谈佛论法上也能相互沟通。

李麟玺自身也有一定的佛化倾向。李叔同给他写信，有时就称其为"雄河居士"。在一些信件中还可看到：李叔同曾嘱咐其侄子在"令祖百二十岁冥诞"时，"应写经回向"（1931年旧历正月信）；曾为其侄子书写过"洗心人读经室"额纸一方，并让其补写自跋一段，以"说明此事因缘"（1932年旧历十一月信），等等。1935年旧历三月，

李麟玺题字

李麟玺在《藏斋三笔》上的题字

李麟玺则给三叔寄过佛像。这些迹象表明,在当时的俗家亲人中李叔同与李麟玺叔侄是很有些共同语言的。

对于这副挽联,金梅先生在《叔侄间》一文中分析说:1898年李叔同离津南下时,李麟玺才4岁,对这位三叔不会留下多么深刻的印象;1905年、1906年两个夏天,也只是短暂地相聚;1911年李叔同留学回国,在天津仅住了不到一年时间又远去他乡,此后,便与其三叔再无缘相见,故挽联中说"居诸不过年余耳"及"想象真勘痛绝乎"!但在亲属中,有李麟玺这位侄子为他悲悼伤怀,李叔同可安心地上路生西了。

范文澜 一副

　　范文澜(1893—1969),字云台,浙江绍兴人,早年生活在天津。先后任南开中学教员、南开大学教授、北京大学教授、北京师范大学教授。1930年和1933年,曾被阎锡山和国民党宪兵队逮捕。经营救获释后,任中法大学、河南大学教授。1940年赴延安。之后历任马列学院历史研究室主任、中央研究院副院长、北方大学校长、华北大学副校长等职。中华人民共和国成立后,历任中国近代史研究所所长、中国史学会副会长、中国科学院哲学社会科学部委员等职。著有《中国通史简编》《文心雕龙注》等。

　　　　　板凳宁坐十年冷;
　　　　　文章不写半句空。

　　这是范文澜的一副自勉联。范文澜先生1936年至1938年间,曾任河南大学文史系教授。当时,特意撰写这副对联挂在书房里,用以自勉,意思是做学问要有耐心,持之以恒,著述须言之有物,不能滥发空论。

"板凳宁坐十年冷,文章不写半句空",既是为学的宗旨,也是对人生的感悟。南开大学的来新夏先生对其先师范文澜教授的这一联语极为青睐,也时时以此鞭策自己,且以"宁坐板凳十年冷"为印文,请人刻了一枚闲章,常在题字时将此印钤之于首,这种心灵的净化对于读书人来说更有特殊的意义。

吉鸿昌 一副

吉鸿昌(1895—1934),河南扶沟人,杰出的抗战将领。曾任冯玉祥部师长,国民党第二十一军军长和宁夏省政府主席。1932年"一·二八"事变后加入中国共产党,与冯玉祥等组织抗日同盟军,后被捕牺牲。

> 松间明月长如此;
> 身外浮云何足论。

此联题于1931年。当时吉鸿昌是冯玉祥领导的西北军将领,因反对蒋介石进攻红军的命令,被蒋解除兵权并强令出国。他撰此联抒发情怀。联中以"松间明月"比喻自己高洁的胸襟,以"身外浮云"象征自己所鄙视的荣华富贵,表达了一个富有正义感的军人的操守和襟怀。

天津和平区花园路的吉鸿昌故居,是座英式楼房,规模不大,

吉鸿昌

吉鸿昌将军就义前写给他妻子胡红霞的遗书

不饰雕琢。1930 年,吉鸿昌以"有余堂"名义买下这座楼房,"九·一八"事变后,吉鸿昌携全家搬到这里,投身抗日救国的社会活动中。他在天津时依靠自己的社会关系多方筹措经费,搜集武器,支援抗日前线,还多次变卖衣物和财产,购买武器。当年,那些武器就藏在二楼夹道的地板层内。此后,他身先士卒,亲自到张家口前线,联合旧部,与冯玉祥、方振武等人成立了察绥民众抗日同盟军,浴血奋战,收复失地。战事失利后,他又回到了天津红楼,抗日之心不见半点颓损。

张伯驹 二副

张伯驹(1898—1982),字丛碧,号好好先生、游春主人,室名平复堂。河南项城人。他早年居住在天津,毕业于天津新学书院,曾入军界任职,后入金融界,任上海盐业银行常务董事,又任华北文法学院教授、故宫博物院专门委员。1949年后,任燕京大学国文系导师、北京书法研究社副社长、北京中国画研究会理事、北京古琴研究会理事、北京市政协委员、吉林省博物馆副馆长、中央文史馆馆员。工诗词、嗜京剧、喜收藏、擅书画。张伯驹与张学良、袁克文、溥侗并称为民国四公子。20世纪50年代,他将个人收藏的《平复帖》《游春图》等珍贵文物献给国家。

仗剑从云作干城,忠心不易,军心在淮海,遗爱在江南,万庶尽衔哀,回望大好山河,家离赤县;

挥戈挽日接樽俎,豪气犹存,无愧于平生,有功于天下,九泉应含笑,仁看重新世界,遍树红旗。

张伯驹与陈毅元帅神交已久,陈毅佩服张的为人和才气,张先生对戎马一生的陈毅元帅更是由衷地敬慕,特别是在诗词创作上,两人更有许多共同语言。故早在建国初期,他们之间即有密切往还,常在一起对弈、论诗、唱和。1957年,张伯驹不幸被打成右派,幸得陈毅关怀,从北京调到吉林省博物馆任副馆长。然而祸不单行,张伯驹刚刚过上几天能探讨文物鉴赏的太平日子,"文化大革命"开始了。张因得罪江青,于1968年被开除公职,下放东北农村改造。1972年1月6日,陈毅同志病逝,噩耗传来,张伯驹悲痛不已,他满怀深情地写下了这副挽联,送到了北京。此联将陈毅元帅戎马一生和对国家、人民立下的功绩做了恰如其分的评价,写得声情并茂,气势磅礴,令人感慨。1月10日,毛泽东主席突然决定参加陈毅同志的追悼会,他在灵堂里无意中看到张伯驹为陈毅写下的这副挽联,心中为之一震,深感此联气度不凡,非一般俗手所为,便问陈毅夫人张茜,此联出自何人之手,张茜如实禀告。心地善良的张茜不忍心张伯驹多年受委屈,随即又向主席说道:"张伯驹曾将他珍藏的李白《上阳台》献给主席,不知您是否记得此事?"因为解放初期张伯驹知道毛泽东非常欣赏李白、李贺、李商隐这"三李"的文学作品,即将李白的《上阳台》献给毛主席,主席当即写了礼品不能收的信函回复张伯驹。这时张茜又说:"张伯驹现在农村劳动,连户口也没有。"毛泽东听后即请周总理处理此事。1月21日,张伯驹在周恩来总理的关怀下,被聘为中央文史馆馆员。1978年9月,吉林省博物馆为张伯驹恢复了名誉。自此之后,张伯驹老当益壮,与夫人以点染丹青、鉴赏书画为乐。1981年新年伊始,老夫妇俩特在北京北海公园画舫斋举办《张伯驹、潘素夫妇书画联展》,一时间文友、藏友、领导、学生纷纷前来祝贺、参观。一年后,1982年2月26日,这位毕生热爱祖国、热爱文物的著名书画家、鉴藏家走完了他一生的最后一步,享年84岁。

用舍行藏严出处;
秀姿英发镇风流。

20世纪70年代和80年代初,张伯驹先生每到春季便从北京赶来天津观赏海棠,并与津门词友小聚。每次来津,大都住在吾师张牧石先生家中,本人因此得以与张伯驹先生相识。

张老衣着朴素,性情淡泊,对晚辈亦是关怀提携。那年来津,他为张牧石师及丁至云等人写了几副嵌名联,其中也给我书写了一副。其上联是"用舍行藏严出处",下联是"秀姿英发镇风流"。上款为"用秀先生雅属",下款为"中州张伯驹时年八十又二"。钤两印,一是白文"伯驹长寿",一是朱文"丛碧八十后印"。

嵌名联是嵌字联的一种,好的嵌名联不但要求所嵌名字对仗工整,天衣无缝,而且一定要有作意,要别有抒发。张老写给我的这副嵌名联虽说是不假思索,信手拈来,却不是一般俗手所能比及。上联中"用舍行藏"出自《论语·述而》。原话是:"子谓颜渊曰:用之则行,舍之则藏,惟我与尔是夫。"意思是:"孔子对颜渊道:用我呢,就干起来;不用我呢,就藏起来。只有我和你才能这样吧!"它蕴含了中国知识分子"出世""入世"的处事观念和独善其身、严于律己的行为规范。下联中的"秀姿英发"乃借用东坡词《念奴娇·赤壁怀古》中"雄姿英发"之句。"英发",谓言论见解卓越不凡。张伯驹先生将"用秀"这两个词性不同的字巧妙地嵌入上下联,立意高而又

张伯驹先生为作者书嵌名联　　　　张伯驹书嵌名联

不违规则,用典活且不露痕迹,足以表现他那非同一般的才思与学养。

张轮远 一副

张轮远(1899—1987),名曰络,以字行。天津武清人。曾考入天津南开学校。与周恩来同为张皞如的得意学生。在校期间,常为周恩来主编的《敬业》学报撰稿。后任《南开思潮》总编。毕业后,被保送金陵大学,后转考北京大学法学系。曾任天津高级法院推事等职。工诗词文章,有《余霞集》《自寿唱和诗词选》《十年浩劫记》等。

> 曾拥图书逾万卷;
> 幸随顽石共千秋。

此为张轮远先生自撰联,托哈珮先生书,悬之于室中。张轮远早年受雨花石藏家王猩酋先生影响,对藏石产生了极大的兴趣,数十年间,广事搜求,存石 3000 余枚,将满目琳琅的藏书室命名为"万石斋"。他将自己的藏石精选出 64 枚,一一为之作小传,叙说其形状、色彩、纹络，并附名人题诗。如黄石公、黄山云雾、黄冈竹、雪岭朱霞、西湖春晓、上清仙境、冷枫夕照、紫门雪夜、御沟红叶、疏篱秋色、莫高石窟、万里长城、探海石、金带圈等等，不仅石奇无敌，而且多由藏家赋予深刻的寓意和巧妙的情致。其中"黄石公"为椭圆形，黄白相间，有杜诗所谓"五花散作云满身"之妙。最奇者，石之一端生出一个"公"字，波磔斩然，似北魏《始平公造像》之"公"字，方笔倒行，虽工书者亦望而却步。藏者宝爱至极，列为珍品第一。"暗香疏影"，为一椭圆形，质地嫩黄，温润淡雅，上有绿色枝条斜生石面上，枝上粉红色纹绕之，鲜润艳丽，宛然一树梅花，颇具诗意。"残荷听雨"，石苍绿色，以黄白间之，若经霜残荷。其意取自玉溪生诗

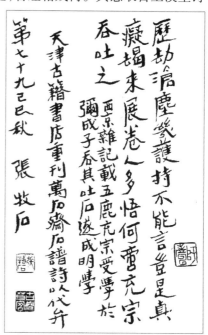

"秋阴不散霜飞晚，留得残荷听雨声"。且藏家谓"吾于斯石有同情"。"弁转疑星"，石黄色，呈坡状，酷似现代军帽，不但帽顶、帽沿、帽箍具备，甚至连帽徽都有。张轮远不仅藏石，还以自己的心得体会，加以广征博引，著有《万石斋灵岩大理石谱》，为研究鉴藏雨花石、大理石的专著填补了空白。书中且附联语二百多副，其中有："胸有千秋，一楼卷轴纵横，到眼已遭千劫后；斋罗万石，四面冈峦环抱，此身如坐万山中。""临东壁以畅怀，

天津古籍书店重刊《万石斋石谱》张牧石为之作序

洗砚烹茶,朝曦初上;倚南窗而寄傲,枕书卧石,午梦方酣。""与石结良缘,万叠云山同磊落;以闲为自在,一楼风月助清高。""气象阴晴,峥嵘互竞千岩秀;风云缥缈,咫尺真如万里遥。""近视远观,眼底云烟都是幻;暝心闭目,胸中丘壑自成春。""不车不舟,云游万里;非仙非佛,石证三生。""齐物乐天,庄周元亮;放颠好洁,海岳山林。""此地有山皆入画;一楼无处不存书。"

张先生的这副自撰联,深切表达了他对读书与藏石的热爱及其品性的高洁。其友人李石孙且赠诗云:"襄阳石癖传心谱,玄晏书淫见此人。"可作为此联的诠释。先生晚年毅然将毕生藏石倾箧捐于地质博物馆,更可见其豁达高尚。

许姬传 二副

许姬传(1900—1990),海昌人(生于苏州)。笔名思潜,室名燕赏斋,又号庚子生。谙熟京剧艺术之专家。曾为梅兰芳《舞台生活四十年》一书执笔。晚年著有《许姬传七十年见闻录》。在北京逝世。多年生活在天津。

> 晚年遭暴力,受尽折磨,惨境恍同尤二姐;
> 拨乱逢盛世,欣看昭雪,流派承继有红娘。

老报人张道梁先生在《往事九十年》一书中说:"1986 年,我在《中国书画报》,曾约许姬传老人每期写一篇《燕赏斋谈艺录》作为连载。其间姬老曾寄有一篇《文革时之挽联》记周信芳、马连良、叶盛兰、谭富英、言慧珠、荀慧生等名演员平反追悼时,他写了情意真挚的挽联,痛悼冤魂。这些挽联,有用他自己名义送的,也有代梅夫人福芝芳拟的。"

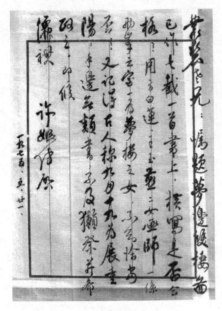

许姬传书札

此联是挽荀慧生的，乃许姬老代福芝芳所撰。荀慧生（1900—1968），京剧表演艺术家，"四大名旦"之一。幼年在义顺和梆子班搭班学艺。19岁改演京剧。演花旦、刀马旦。功底深厚，吸收梆子的唱腔，唱法和表演艺术，对京剧的传统技法有所发展，形成自己的艺术风格，世称"荀派"。擅演天真、活泼、温柔一类妇女角。代表剧目有：《金玉奴》《红楼二尤》《钗头凤》《荀灌娘》等。常演剧目编为《荀慧生演出剧本选集》，论著有《荀慧生演剧散论》。此联与其他挽联一样，是将该演员平生擅长的剧目，顺理成章地镶入挽联中，成为许姬传老人的杰作。

> 惊变埋玉，洛水神悲生死恨；
> 还巢失凤，游园遥想牡丹亭。

此为许姬传挽言慧珠联。言慧珠（1919—1966），女，北京人。蒙古族。京剧演员，言菊朋之女。12岁学戏，攻程派青衣兼学武旦。1935年首演登台。1943年自组言慧珠剧团任团长。为中国剧协会员、中国农工民主党党员。"文革"中不幸去世。擅演剧目有《六月雪》《玉堂春》《凤还巢》《生死恨》《游园惊梦》等。许姬老在这 22 个字的挽联中，纳入言慧珠常演的六出戏，老人对这位具有天才且勤奋好学的梅门弟子，十分赞佩，对她的从容赴死极感哀伤。许姬传老人曾感慨地说："《惊变埋玉》是《长生殿》两折，六军不发，杀杨国忠。陈元礼、高力士迫使唐玄宗下旨，杨玉环赐帛自缢。而言慧珠在一场批斗后，到饭店饱餐一顿，回家化妆，换新衣，悬梁自尽。《洛神》是京剧，《洛水悲》是清人所著四折杂剧。"张道梁先生说许姬传"每和我谈及所挽言慧珠联时，总似有自得的表情。当时因号召'向前看'，这副悼联没有发表。"

许姬传一生与天津有密切的因缘。他从 1919 年 19 岁随家到天津，一住十年。1986 年他将这十年在天津的经历写了《天津十年》的长文。《天津日报》刘书申先生主编《星期专页》，曾约许姬传写了一篇《天津印痕》，发表于 1984 年 9 月 9 日报上，文中谈了他在天津的经历，细说了他和梅兰芳先生于 1950 年 9 月在利顺德饭店开始合作撰写《舞台生活四十年》的情况。

李然犀 一副

李然犀(1900—1966),学名柏年,笔名大梁酒徒。民国年间天津著名报人、通俗小说作家。1934 年曾担任《天津平报》编辑。1935 年任天津《晚报》副刊编辑。1946 年 6 月自办《小扬州画报》三日刊。自 20 世纪 30 年代起为天津各家报纸副刊撰稿。因其久居津门,故对津沽风情掌故所知甚多,曾经写过《津门艳迹》《同室操戈》《老哏正传》《危机四伏》《流云锁月记》《粉红色的三不管》等地方色彩很浓的小说,尤以《津门艳迹》最为著名。

> 赖有汉书堪下酒;
> 偶歌梅韵觅知音。

李然犀才思敏捷,知识丰富,举凡诗词、书画、撰对等均有相当素养。其弟子李松年有一次对他说:"我喜欢读《汉书》,又爱听'梅花调',您能否以此为题赐一联?"李略加思索,吟道:"赖有汉书堪下酒;偶歌梅韵觅知音。"下联亦喻李松年婚姻结合之因由。

李燃犀《津门艳迹》书影

中华人民共和国成立后，李然犀居家落魄，最没辙时还搭小评戏班演过《刘巧儿》中王寿昌。姜毅然先生曾向我提及他，说他是姜的座上客，常与姜先生聊天津掌故。他生活虽落魄，但从年轻时落下的酒瘾却丝毫不减，整日酒不离口。1966年8月，他于贫病中故去。其病逝前所写《天津的"混混儿"》一文已成为研究天津"混混儿"不可多得的史料。据说其生前尚有再写两部表现旧天津"混混儿"害人的小说，其腹稿已成，但随着他的去世也只能"胎死腹中"了。

姜毅然 一副

姜毅然(1901—1986),名世刚,以字行,斋号十二石山堂。天津人。伯父姜秉善是清朝翰林,父亲姜择善为举人。承家学,8 岁时善画,受张兆祥影响,得严台孙指教,并曾在北平艺专进修。1932年在天津主办毅然画会,传授国画技艺。中华人民共和国成立后担任天津美术出版社和杨柳青画社编辑。善画花卉,兼画山水,尤以工笔、白描花卉见长。

天宇重光迎丽日;
津河解冻报春声。

嵌字联中有一种叫做“碎锦格”,一般嵌三字至六字,要求每字隔开,不许连用,因为它嵌字多,限制严,费

姜毅然

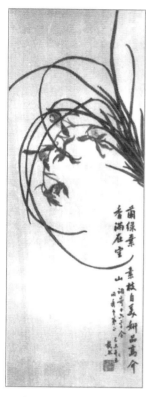

姜毅然为作者所画兰花
（题自作词《十六字令》）

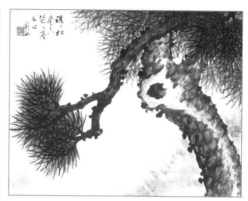

姜毅然绘青松

力而不讨好，很少有人尝试。此联可谓这类嵌字联杰作。据寇梦碧先生讲，揪出"四人帮"喜讯传来时，老画家姜毅然非常高兴，当即以"天津日报"四字，嵌入联中，口占一联"天宇重光迎丽日，津河解冻报春声。"天衣无缝，可谓妙对。

刘云若 一副

刘云若(1903—1950)，名兆麟，以字行，天津人。先后任《北洋画报》《商报》《天风报》副刊编辑或主编。处女作小说《春风回梦记》在《天风报》连载。此后专写社会言情小说。主要作品有《红杏出墙记》《旧巷斜阳》《粉墨筝琶》《芳草天涯》等。抗日战争前，曾因在津创办《大报》，因转载杜重远写的《闲话皇帝》被查封。

秋雨消魂录；
春风回梦记。

这副对联的上联和下联分别是两部长篇小说的书名。说到此联就得言及天津近代名作家戴愚庵先生。

戴先生对天津世风民俗掌故轶事所知甚多，不时在报刊发表此类文章，并曾出版《沽水旧闻》《沽上英雄谱》(俗谓之"混混儿论")。20世纪20年代末，戴先生还写了一部言情小说《秋雨消魂

录》，连载于报端。彼时，刘云若还年轻，虽然他发表过不少短篇小说和散文，但尚无长篇问世。一天，刘云若到戴宅看望戴先生，戴比刘年长十几岁，然对刘十分尊重。戴先生认为刘云若才气非凡，将来必有大的发展。在交谈中，刘云若忽然说道："您写了一部《秋雨消魂录》，我也想试着写一部长篇！名字也想好了，就叫《春风回梦记》，和您的书名正是一副对联，您看如何？"戴先生点头说好，继而调侃道："若无春华，何

百花文艺出版社再版刘云若《小杨州志》

来秋实？春风和煦令人爱，秋雨凄苦令人哀，仅从书名就胜我一筹！弟大作问世，必是洛阳纸贵，兄之拙作将成敝屣也。"云若莞尔道："您这话真令我无地自容啊！"

正如戴愚庵先生所言，刘云若这部描写鼓曲女艺人悲惨命运的长篇处女作果然一炮打响。《春风回梦记》自1930年在《天风报》连续刊发后，好评如潮。自此云若之名陡然而增，各报馆纷纷向他约稿。老报人吴云心曾经做过这样的评价："自刘云若小说问世，天津报纸上始有天津人写的能与北平张恨水相媲美的小说。"的确，当人们提起刘云若的时候，自然地会联想到他的社会言情小说。但不可否认的是，他的长篇社会言情创作，他的出名，却是从《春风回梦记》开始的。

巢章甫 一副

巢章甫(1910—1954),名章,字章甫,号海天楼主。祖籍江苏武进。早年曾拜词人、藏书家向迪琮,名篆刻家寿石工为师,入北平湖社画会,1936 年入大风堂拜张大千为师。1929 年前后来津。与津门书画家及新闻界人士多有交往。惜英年早逝,1954 年因心疾在北京故去。

小凤西飞,渺渺孤怀难为水;
大江东去,茫茫四海敦赏音。

此为巢章甫挽方尔谦联。方与巢年龄相差近四十岁,为忘年交。1931 年 3 月袁克文因病去世后,他二人来往更加密切。袁克文在世时,每及方尔谦书法,巢章甫必为其伸纸钤印。方尔谦曾赠巢章甫数联,有嵌名联"巢父掉头不肯往;知章骑马似乘船"和"岂有文章,富贵不来少年去;聊吟梁父,山川依旧昔人非"等。一次,巢章甫向方尔谦求字，也为其伸纸钤印，方尔谦不禁怆然道："吾今见子如睹寒云，况子书尤类寒云耶！"方尔谦去世后，巢章甫除作此挽联言及"小凤"，其另一挽联也涉及"小凤"。是为"地荒天老当歌哭，

巢章甫绘松

小凤有约，胭脂三生空色相；山灵水深资卧游，大方无偶，文章千古独幽明。"署名今朔的作者曾在《挽大方先生》一文中说，"先生以悼姬人过哀，致伏病根"，人们推断，这个"姬人"应该就是巢章甫联中的"小凤"。巢章甫在文章中回忆，方尔谦生前赠妓女来福一联曰："人既惠然肯，我亦自求多。""来福"这样一个至俗的名字，"出诸先生之口，雅而趣，且天衣无缝，非仙才曷可臻此。"

齐治源 三副

齐治源(1916—2000),原名植橄,号智园,天津市杨柳青镇人,为杨柳青年画画家齐健隆九世孙。书法篆刻家。幼时从舅父王猩酋学习北碑汉隶,兼学经史。27岁拜著名金石家王襄和印人王雪民学习金文、甲骨文和治印,后又得陈邦怀、钟子年、寿石工指点,篆刻宗黟山派,书法融真草隶篆于一炉,独具一格。曾为天津书协名誉理事、天津市老人书画研究会顾问、天津市职工书法研究会副会长、天津市文史馆特约馆员。

壮年疋丐;
念经白丁。

齐治源先生在从事书法篆刻艺术创作的同时,常作对联以自娱。这是他以近代8位治印名家的名字组合而成的一副四言联,含义深邃,富有情趣。联中"壮"是乔大壮,名曾劬,早年出身清季译学馆,精通法兰西文,并以诗词、骈文、书法、篆刻知名海内外,篆刻古拙中有隽雅,凝重中包含着峻爽。"年"是钟子年,名刚中,此人虽鲜见于文献记载,但确是民国年间一位卓有成就的篆刻高手,而且其书画艺术亦非同凡响。"疋"是邓尔疋("疋"通"雅"),名溥,又名万岁,精小学,富收藏,常以六朝造像文字入印,人谓之"驱使铦刀,毛颖纵横"。"丐"是寿石工,号印丐,出身世

齐治源

家,多才多艺,于篆刻以小取胜,光洁雅秀,平淡而不平庸。"念"是易孺,号大厂,"念翁"为其别署之一,篆刻学赵之谦、黄士陵,善拟古玺,朴野浑穆。"经"是简经纶,简氏篆刻早年始学浙派,出入秦汉,后专攻陈曼生,气韵古致,而于古籀玺文研讨颇深。"白"是齐白石,是一位木匠出身而又能于诗、书、画、印形成强烈个性的艺术家。对于艺事,他自认为篆刻第一、诗词第二、书法第三、绘画第四。"丁"是陈半丁,其于篆刻艺术善用吴昌硕钝刀法,但结篆、章法别具机杼,印风浑厚高古,一洗时人浮媚险怪习气。齐治源在篆刻艺术上,最服膺这8位名家,撰联以自勉,因此他能取法乎上,最终成就了他的艺术事业。另外,此联虽是8人名字的组合,但并不是毫无意义的机械组合,而是有特定含义的。实际上,联语也是在写作者自己。在这短短的8个字中,作者以形象活泼的语言来表达自己对他所佩服的艺术家的一片虔诚,诙谐有趣地表示了自谦和追求,那"疋丐""白丁"尤其让人回味不已。

与其斜而有余，何若正而不足；

宁舍柔之富韧，亦取刚之易摧。

这是给孙正刚先生的赠联，联中嵌"正刚"二字，上联取古黔娄氏妻语，下联为齐治源先生自创，与上联完全对仗。据《高士传》载，贵州有娄氏，因家贫，死后无棺下葬，只能用席子裹尸，而席子又短，上置则露足，下置则露首。这时有人说："斜置则有余矣。"其妻赶忙制止说："与其斜而有余，何若正而不足。"齐先生将此句作为上联，补下联为："宁舍柔之富韧，亦取刚之易摧。"署上款"正刚吾兄一哂"。正刚乃词学家、著名学者孙正刚。孙先生为顾随先生门人，学识精深，尤擅诗词，著有《词学新探》等。此联既说明做人要刚

齐治源书七言联

齐治源书七言联

正不阿，与友人共勉，又点出为文从艺之道，读来令人顿悟。

问道于石；

解难以金。

这是齐治源的一副自勉联，其中亦不无自嘲之意。"问道于石"有两个意思，一是向石头人问路，另一个是以石习篆刻。"解难亦金"也有两个意思，一是以金钱解贫，另一个是以金文考文字。这副对联文字不多，但一联多义，而且上下联所写的内容均符合作者身份，同时又表达了作者在学术上坚定不移的追求和独到的艺术主张。

余明善 一副

余明善(1916—2005),少时寓北京,拜高肃然为师,初学《峄山碑》《张迁碑》《龙门造像》。20 世纪 30 年代初期,在天津国学研究社从陈翮洲学章草。潜心研究学术,精谙版本之学。工于书法,篆隶楷书行草无一不精,擘窠大字宗法北碑,气势磅礴;小楷学晋唐,灵动雅致;章草取法晋人之上,杂糅汉隶、魏碑为一体,气息高古,质朴端庄。

莺莺燕燕,翠翠红红,处处融融恰恰;
风风雨雨,花花草草,年年暮暮朝朝。

这是一副叠字联,乃为天津北宁公园得月楼所作。上联写莺啼燕喃、花红草翠的宜人景色,下联写风调雨顺、群芳争艳,周而复始。

余明善先生赠作者书法　　余明善书七言联　　余明善书五言联

寇梦碧 二副

寇梦碧(1917—1990),名家瑞,字泰逢,天津人。学者、词人。早年曾执教天津崇化学会,讲授《昭明文选》。博学多才,精于诗词,平生填词逾千首。20世纪40年代在天津主持"梦碧词社",终生弘扬词学,大兴两宋雅正词风。曾任中国韵文学会顾问、天津诗词社社长等。著有《夕秀词》《六合小涵杂诗》。

> 抱月清音鸣玉柱;
> 怀风古调拂金坛。

20世纪90年代初,天津水上公园在一些仿古建筑上配置了匾联,此乃后湖"琵琶亭"的书联,为寇梦碧先生当年所拟。此联针对"琵琶"以典喻意,文采飞扬,确系大家手笔。

　　潜龙用自行藏外；

　　盘薳秀于溪谷间。

　　这是 1984 年,寇梦碧先生为笔者撰写的嵌名联。上联"潜龙用自行藏外",下联"盘薳秀于溪谷间",上款落"用秀同志属,梦碧撰句",又请红学家周汝昌先生书写,可谓珠联璧合。

　　"潜龙"出自《易·乾》"初九,潜龙勿用",谓有德的"圣人"在下,尚未得时,像潜伏着的龙,喻怀才不遇的英雄。"盘薳",即"盘藤",《诗·王风·葛藟》有"绵绵葛藟,在河之浒"。喻有道德有才华的人应

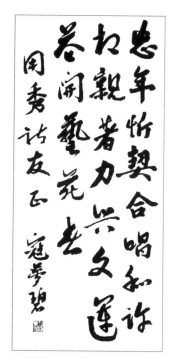

寇梦碧先生向作者赠诗

寇梦碧撰句、周汝昌为作者书写的嵌名联

不事声张，严格按照自己的为人准则行事，不怕被歧视，不怕不被理解，扎扎实实地做自己应该做的事。此联不同凡响，颇见作者的巧思与学识。嵌名联作为嵌字联的一种，要将其作好作巧实属不易。这副嵌名联意境深远，含义深刻，体现了老一辈学者的行为操守和对青年学子的期望与宿愿。

　　关于对联的挂法，寇先生也有自己的见解。记得 20 世纪 80 年代，我在书房内挂有画家姜毅然所作梅花，画轴两边各悬挂萧劳先生写给我与梅花相关的对联。寇梦碧先生来到我家，见此挂法，当即告诉我，厅堂正中挂大幅中堂画，两边分挂对联是允许的，但在书房却显不雅，他认为将对联并挂一起更具文人书房气息，少有买卖家之嫌，这确是文人学者的见地。看来悬挂对联也有所讲究。

周汝昌 三副

周汝昌(1918—2012)，本字禹言，号敏庵，后改玉言，生于天津市咸水沽镇，我国著名红学家。他是共和国研究《红楼梦》的第一人，享誉海内外的考证派主力和集大成者。先后毕业于天津工商附中、天津工商学院，后就读燕京大学西语系本科、中文系研究院。先后任燕京大学西语系教员、华西大学与四川大学外文系讲师、人民文学出版社古籍部编辑等。1986年至1987年，获美国鲁斯基金，赴美访学讲学一年，并任威斯康辛大学客座教授。1991年起享受政府特殊津贴。

> 已谢人间成一世；
> 犹余曲苑压群芳。

这是一副挽联。1947年京剧名演员李世芳不幸坠机殒命。周汝昌作此联以示哀挽。上联意思是李世芳死时年仅30岁，古人以三十为一世;下联的意思是赞李的艺术才能,因李居四小名旦之首,素有小梅兰芳之誉。作者把"世芳"二字分别嵌入上下联句尾,亦见巧思。

> 相怜皆只眼;
> 阅世更分明。

刘维哲,天津人。早年就读于燕京大学。一个学理科的"洋学生"竟迷上书法篆刻,一迷竟是几十年。刘维哲与周汝昌是新学中学、燕京大学的同学,后又在海关同事。"文革"以后两人恢复了通信。1990年刘为周治印两方——"为芹辛苦"和"解味道人",并在信中说自己因"文革"迫害,已有一目失明,刻得不好还请鉴谅。周汝昌复信感谢,并说自己也有一目失明,有同病相怜之感。同时,书写此联,随信寄去。挺拔的书法,幽默的语句,让刘维哲感慨万千。

> 听百单八杵钟声声溯三代六朝文明华夏;
> 看七十二沽帆影影联九河四海交会析津。

21世纪初,天津重建鼓楼,周汝昌特为新落成的鼓楼撰写此联,落款"里人周汝昌"。天津鼓楼建于明弘治二年(1491),是改天津城的土城为砖城之际同时修建的。初名钟鼓楼,后以钟代鼓,晨昏叩一百零八响。清末学人张焘在其所著《津门杂记》中说:"楼居城中,高三层,四面穿心,通四大街。砖穴最古。一悬大钟,晨昏各撞一百八杵。城门早晚启闭,以钟鸣为准,历有年所,声闻十余里。"鼓楼有一楹联最为有名,乃清代天津诗人梅宝璐(1816—1891)所撰,

周汝昌为天津大悲禅院题词

联云:"高敞快登临,看七十二沽往来帆影;繁华谁唤醒,听一百八杵早晚钟声。"周汝昌为重建鼓楼的撰联,是梅联的拓展与延伸,上联将钟声上溯华夏的历史文明,下联将帆影与津沽的地缘及河海的广大相勾连,囊天地,融古今,字字珠玑,气魄宏大。周汝昌是土生土长的天津人。尽管到北京生活几十年,但他京腔里还夹杂着天津方言,可谓乡音不改。当年他为鼓楼作联正可看出他与天津的情缘。

周汝昌先生赠作者书法

王学仲 一副

王学仲

王学仲 (1925—2013)，初名
黾，别号夜泊，号黾翁。生于山东滕
县。毕业于中央美术学院。中国书法
家协会顾问。曾为中国书法家协会副
主席、学术委员会主任、天津书法家
协会主席。曾任天津大学教授，兼任
南开大学、广州美院及日本筑波大学
客座教授，王学仲艺术研究所荣誉所
长。中国文联第八届、九届全委会荣
誉委员，文化部中国画创作组画家。
王是一位多才多艺的艺术家，精通书法、绘画、文学、哲学；是一位
弘扬中国传统文化的教育家，创立"黾学"学派。

欧风汉骨；
东学西行。

　　王学仲的这副对联充分表达了他的创作理念和治学态度。他主张"扬我国风，励我民魂"，力求体现民族风格和民族气派；同时也要善于吸收和借鉴西方的有益东西，为我所用，且"求我时尚，写我怀抱"，其艺术创作中注入自我的个性和情感，形成自己鲜明的艺术符号。基于这种理念，他的山水画，不拘于固定程式，加强笔墨写意性，力图体现文化的厚重感、历史的沧桑感、诗人的苍凉感和

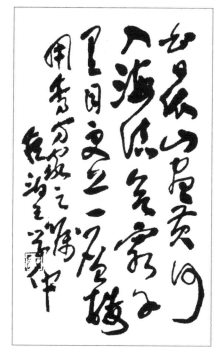

王学仲先生赠作者书法

王学仲书七言联

艺术的高贵感。花鸟画和人物画多笔墨简淡，看似寻常，却不乏诗人的曲笔和画外之音，注重表现神韵和性情，透出机趣、妙趣和谐趣，已不再是纯粹的笔墨游戏，拓展了传统文人画的领域和视野，为现代文人画开辟了新的蹊径。他的作品在充分发挥中国画传统笔墨的基础上，善于吸收西洋画的色调变化。作品题材广泛，融诗、书、画为一体。更是基于对中华文化艺术的高度自信，融中西艺术，他在多个领域取得重大成就。自 1987 年天津大学王学仲艺术研究所成立后，山东曲阜王学仲画馆、滕州王学仲艺术馆、江苏徐州王学仲艺术展览馆相继建成。多年来，他创作了大量的国画、油画、书法、篆刻作品，出版了近百种诗歌、词赋、散文、文论和书画作品集。在 2006 年，我国当代文艺界最高奖之一的第二届中国书法兰亭奖上，王学仲以高票当选，获得中国书法兰亭奖终身成就奖。王学仲的艺术理念正在对当代艺坛发挥着越来越大的重要作用。

于是之 一副

于是之(1927—2013),原名于畾,原籍天津,生于河北唐山。1945 年曾考入北京大学(后失学),1952 年加入中国共产党,曾任祖国剧团、北平艺术馆、华北人民文工团(北京人民艺术剧院前身之一)演员,后任北京人民艺术剧院演员、艺委会副主任、副院长,中国文联第四届委员,北京市戏剧家协会主席,中国戏剧家协会第三届理事、第四届副主席,全国政协委员。在《龙须沟》《骆驼祥子》《茶馆》等剧中成功地塑造了一系列经典的舞台艺术形象。其文学作品有《于是之论表演艺术》《演员于是之》等。

上大人,孔乙己,高朋满座;
化三千,七十士,玉壶生春。

这是于是之书题绍兴咸亨酒店中堂对联。"咸亨酒店"是借鲁迅小说《孔乙己》而闻名的。原店是鲁迅的远房堂叔在光绪年间合伙开设的,店名取自《易经》"品物咸亨"一语,但开张不到两年即告倒闭。现在这座咸亨酒店是 1981 年 9 月为纪念鲁迅诞辰 100 周年而开设的。它坐落在绍兴市鲁迅路上,与鲁迅故居相隔不远。"上大人""孔乙己"是鲁迅在《孔乙己》里提到的人们从描红纸上的句子里给姓孔的主人公取得绰号。"化三千""七十士"也是连在"上大人、孔乙己"之后的描红纸上的原句。其意为上古的孔子有弟子三千人,其中著名的有七十余人。

张牧石 三副

张牧石(1928—2011)，字介盦，号邱园，别署月楼外史、月城吟客等，天津人。天津市商学院法律系毕业。早年从寿石工先生研习书法、篆刻、倚声诸艺。词学南宋吴梦窗。印由秦汉入以黟山出。书法自甲骨金文、历代碑帖乃至晚近诸名家无不涉猎，终成自家面貌。除了专业艺术外，又辅之以京剧、曲艺、舞蹈、舞技。曾任东方艺术学院教务长，茂林文化进修学院古典文学教授，中华诗词学会常务理事、中国书协会员、天津书协理事、天津文史馆馆员。著有《茧梦庐丛书》八种。

烟桥吸桥烟；
牧石言石牧。

这是一副回文对。回文对本为诗的对法之一，其方法即"回复读之，皆类而成文"。对联中的回文对大体有两种情况：一是正读倒

张牧石

读同为一联,如"处处飞花飞处处;潺潺碧水碧潺潺"。二是倒读为一新对联,但意思相似,只是上下句对调,如"风送花香红满地;雨滋春树碧连天",倒读为"天连碧树春滋雨;地满红香花送风"。作回文对颇见作者的清才巧思。这副回文对可谓绝妙至极。

20世纪50年代,市面上有一种"桥"牌香烟,上海的范烟桥先生偶尔吸这种"桥"牌香烟,遂以"烟桥吸桥烟"征对。五字顺读倒读,文句不变,人难应征。张牧石先生见此联缒幽凿险,倒顺成文,也谓其难,无以应对。一个月后,适逢有人来访,询问清代黄之隽《香屑集》之事,客人走后忽然想起,黄之隽字"石牧",与自己的名恰好顺倒成读,遂成"牧石言石牧",以应"烟桥吸桥烟"。此联一出,众皆称妙,便发函给上海郑逸梅先生,郑老亦欣喜不已,连称"妙!妙!"

> 推潭仆远初方列;
> 癸穴庚涡已半垂。

这是暗含意味的工巧之作。此联缘起于民国初年天津的一家餐馆致美斋(故址在今河北路119号)。餐馆主人夙好风雅,专以接纳海内名士、文人词客。餐馆为居室式住宅楼,窗明几净,雅而不俗,墙壁悬挂名人手迹。客人到来后则联吟分咏、评量笔墨,坐卧自适,犹在自家。待酒馔调置停当,始肯招呼入席。清末民初的南北诗家词人如朱祖谋、郑文焯等,每到天津大都相邀惠顾。其厅堂所悬横额题"推潭仆远"四字,有人不解其意,实则此语出自《汉书·西南夷列传》,意为美食美味。"七七事变"后,"致美斋"已不复存在,然津

张牧石书法圆光

门父老多有知其事者。词人孙正刚先生遂以"推潭仆远初方列"征对,但一直无人应对。一天,孙请张牧石先生饮酒,即席索张师为俳谐一首。其中一联,正是"推潭仆远初方列,癸穴庚涡已半垂"。"癸穴庚涡"语出"道书",意即口涎。知者无不称绝。

友情宜共餐中笃;
风味还从艺里求。

行业联在对联的家族中所占比例很大。这种对联虽然有的有装饰美化之用,但也要雅而不俗,构思巧妙,读来饶有兴趣。20世纪90年代,有朋友欲去美国开中国艺术饭店。主家称,饭店以文会友,除经营中国传统菜肴,还传播中华民族书画艺术,以联络美国人与

张牧石为天津大悲禅院书联

中国人的感情。开业前,先请书法家李鹤年题匾,又请张牧石撰联。张先生联曰:"友情宜共餐中笃;风味还从艺里求。"联语自然贴切,友谊、艺术与风味佳肴巧妙地融于14字之中,丝毫没有某些饭店对联的媚俗之气。

刘炳森 一副

　　刘炳森(1937—2005),字树盦,号海村、海村农,天津武清人。著名书法家。自幼临习书法字帖。19 岁时参加"北京中国书法研究社",得何二水、郑诵先、宁斧成等人指导。1962 年毕业于北京艺术学院美术系中国画山水专业。同年秋分配至故宫博物院工作。曾任中国书法家协会理事,中国书法家协会副主席,中国书法函授大学特约教授,日本教育书道专门学院顾问,新加坡中华书学协会评议员,山东曹州书画院名誉院长,中国日本国友好协会理事,故宫博物院研究员、教授。出版有《刘炳森楷书集》《刘炳森隶书集》等。

　　密云布雨,引三河,灌玉田,万年丰润;
　　平谷移山,填静海,建乐亭,百世兴隆。

　　十年浩劫的后期,有一次在准备出国的出土文物预展会上,刘炳森先生遇到一位与他年龄相仿的人,此人身上挎着一台高级照相机,穿着讲究,提出晚上要到刘家小叙。

晚饭后,此人如约而至,自我介绍说,他叫左万昌。坐下来寒暄几句后,他便直截了当地给刘炳森出了个题目,说:"我有一副对联,我只知道上联,不知道下联,希望你能够写出下联把它对上。若能做到,今后咱们就是朋友;若对不上,以后我就再也不上你这儿来了。"刘炳森说:"我对不上也希望您还能再来。"对方笑了笑说:"这副对联应该是用北京附近的一些县份名称组成,太远的可不行!你听着:密云不雨,旱三河,虽玉田,亦难丰润。"刘炳森随手把这上联记了下来。但看字里行间,只觉得这是一片灾荒年的不良景象,刘炳森不太喜欢,便说:"这上联的内容不太吉利,我想略作改动之后再配下联,您看行不行?"对方说可以,并同意刘在第二天交卷。

对方走后,刘炳森以浓厚的兴趣琢磨这句上联,准备将其改写成表现丰收年景的句子。没用几分钟就将这上联改写成为:"密云布雨,引三河,灌玉田,万年丰润。"随后便趁热打铁,将下联也接了下来:"平谷移山,填静海,建乐亭,百世兴隆。"数了数,上下联正好是离北京不远的八个县份。再看两相对仗的安排,都是基本合格的,内容健康而且喜庆。一个世纪是一百年,百年世纪是一万年。万年丰润对上百世兴隆,这一对仗绝对工整,严丝合缝,而且永远兴旺发达,好吉祥呀!刘炳森非常高兴,赶紧拿了一张信纸,用漂亮的硬笔书法写下了这副对联。

备好信封,贴上邮票,当晚刘炳森就把这副新鲜的对联寄给了左万昌。左收到后仔细玩味,很是欣赏刘先生这一改写效果。从此,两人变成了时常来往的好朋友,他俩都属牛,左的生日比刘略大一些。

刘炳森书法　　　　　　刘炳森书倓虚大师法语

　　书法家韩绍玉先生本是京东三河县人，他对这副对联也很感兴趣，要求刘炳森为其家乡用隶书写成一副大对联；还为此写了一篇文章，发表于一家杂志上，向读者介绍上述这一有趣的故事。刘炳森先生从韩绍玉的那篇文章里得知，左万昌所不知的原先那句下联是："怀柔有道，皆遵化，知顺义，便是良乡。"此联据说是纪晓岚所作。

《问津文库》已出书目

(总计 77+3 种)

◎ 天津记忆

沽帆远影　刘景周著	59.00 元
茬苒芳华:洋楼背后的故事　王振良著	49.00 元
津门书肆记　雷梦辰原著/曹式哲整理	49.00 元
故纸温暖:老天津的广告　由国庆著	28.00 元
沽上文谭　章用秀著	38.00 元
百年留踪:解放桥的前世今生　方博著	39.00 元
南市沧桑　林学奇著	79.00 元
津沽漫记:日本人笔下的天津　万鲁建编译	39.00 元
忆弢盦:来新夏先生纪念文集　焦静宜编	92.00 元
与山河同在:天津抗日杀奸团回忆录　阎伯群编	38.00 元
楮墨留芳:天津文化名人档案　周利成著	30.00 元
布衣大师:允文允武的艺术名家阎道生　阎伯群著	30.00 元
口述津沽:民间语境下的堤头与铃铛阁　张建著	28.00 元

刘云若传论　管淑珍著　　　　　　　　　　48.00 元

品报学丛. 第四辑　张元卿、顾臻编　　　　　58.00 元

◎ 三津谭往

三津谭往.2013　王振良主编　　　　　　　39.00 元

三津谭往.2014　万鲁建编　　　　　　　　39.00 元

三津谭往.2015　孙爱霞编　　　　　　　　48.00 元

三津谭往.2016　孙爱霞编　　　　　　　　58.00 元

三津谭往.2017　孙爱霞编　　　　　　　　68.00 元

◎ 九河寻真

九河寻真.2013　王振良主编　　　　　　　59.00 元

九河寻真.2014　万鲁建编　　　　　　　　59.00 元

九河寻真.2015　万鲁建编　　　　　　　　88.00 元

九河寻真.2016　万鲁建编　　　　　　　　98.00 元

九河寻真.2017　万鲁建编　　　　　　　　98.00 元

◎ 津沽文化研究集刊

《雷雨》八十年　耿发起等编　　　　　　　55.00 元

陈诵洛年谱　张元卿著　　　　　　　　　　48.00 元

碧血英魂:天津市忠烈祠抗日烈士研究　王勇则著　　98.00 元

都市镜像:近代日本文学的天津书写　李炜著　　　38.00 元

天津楹联述略　李志刚著　　　　　　　　　36.00 元

口述津沽:民间语境下的西沽　张建著　　　　56.00 元

口述津沽:民间语境下的西于庄　张建著　　　108.00 元

紫芥掇实：水西庄查氏家族文化研究　叶修成著　　　　　58.00元

芦砂雅韵：长芦盐业与天津文化　高鹏著　　　　　　　58.00元

王南村年谱　宋健著　　　　　　　　　　　　　　　78.00元

国术之魂：天津中华武士会健者传　阎伯群、李瑞林编　78.00元

来新夏著述经眼录　孙伟良编　　　　　　　　　　　198.00元

◎津沽名家诗文丛刊

王南村集　王焜原著/宋健整理　　　　　　　　　　68.00元

严范孙先生古近体诗存稿　严修原著/杨传庆整理　　48.00元

星桥诗存　苏之銮原著/曲振明整理　　　　　　　　58.00元

退思斋诗文存　陈宝泉原著/郑伟整理　　　　　　　88.00元

待起楼诗稿　刘云若原著/张元卿辑注　　　　　　　42.00元

刘大同诗集　刘建封原著/刘自力、曲振明整理　　　88.00元

碧琅玕馆诗钞　杨光仪原著/赵键整理　　　　　　　58.00元

石雪斋诗稿(附遂园印稿)　徐宗浩原著/张金声整理　68.00元

紫箫声馆诗存　丙寅天津竹枝词　冯文洵原著/杨鹏整理　88.00元

◎津沽笔记史料丛刊

严修日记(1876—1894)　严修原著/陈鑫整理　　　　138.00元

桑梓纪闻　马鸿翱原著/侯福志整理　　　　　　　　42.00元

天津县乡土志辑略　郭登浩编　　　　　　　　　　98.00元

严修日记(1894—1898)　严修原著/陈鑫整理　　　　128.00元

周武壮公遗书　周盛传原著/刘景周整理　　　　　　128.00元

天后宫行会图校注　高惠军、陈克整理　　　　　　　128.00元

津门诗话五种　杨传庆整理　　　　　　　　　　　78.00元

《北洋画报》诗词辑录　孙爱霞整理　　　　　　　　　198.00元

◎ **名人与天津**
李叔同与天津　金梅编　　　　　　　　　　　　　　68.00元
我与曲艺七十年　倪钟之著　　　　　　　　　　　　68.00元

◎ **随艺生活**
方寸芸香:藏书票里的书故事　李云飞编　　　　　　98.00元
问津书韵:第十三届全国读书年会文集　杜鱼编　　　78.00元
开卷二○○期　董宁文、董国和、周建新编　　　　　168.00 元